# 霓虹星的軌跡 中

Twentine 著
Xuan Qing 繪

高寶書版集團

# 目錄
CONTENTS

# 第十一章　轉學

集中告白日結束了。

生活再度回歸平靜。

校園生活沒有任何變化，每天上課、考試、自習，藝術生還有專業訓練。時訣的集訓課終於結束了，來校時間逐漸趨於穩定。徐雲妮與他的來往沒發生太大變化，他們比之前更熟悉了，話也更多了，時訣把她介紹給自己的朋友，男男女女，各個年級都有，華都裡有名有姓的學生，徐雲妮基本都認全了。

和徐雲妮玩得最好的還是王泰林，他們經常一起吃飯，有時候也會叫上時訣，他有空了就會來，有時忙了，便會拒絕。

除了王泰林這邊，班裡的活動她也會參加，吳航過生日時，請客吃飯，訂了KTV唱歌，邀請了徐雲妮。

徐雲妮第一次見識了藝術生唱KTV，麥克風都要靠搶。

兩個學妹為了爭麥克風差點吵起來，吳航過去勸，兩人沒理他，反而往時訣身邊湊。

學妹A說：「學長，你看她，黏在麥克風上了！她都唱多少首了！」

學妹B說：「唱得好聽當然可以一直唱！」

學妹A：「好聽什麼啊？」

學妹B找時訣評理，幽幽道：「哥，不好聽嗎？」

時訣問她：「妳嗓子怎麼有點啞了？」

學妹A激動道：「學長你聽出來了？她的菸嗓都是硬卡出來的！她才幾歲啊就想著討好下沉市場，藝術生涯已經澈底完蛋了！」

學妹B氣得哇哇大叫，拿著麥克風就要捶學妹A，兩人一邊一個，在時訣身邊鬧，時訣一手抓住一個，扯開一點。

「妳們跟我在這演戲呢？」

兩個學妹破了功，捂著嘴咯咯笑，聲音像串銀鈴似的，清澈又歡欣。

麥克風滾到徐雲妮身旁，她拿起，到前面點了首歌。

吳航正在跟幾個人玩骰子，看見她點歌，驚訝道：「啊？妳要唱歌嗎？」

徐雲妮說：「嗯，你過生日，我送你首歌。」

吳航驚喜道：「好啊！」

他看向螢幕，他原本以為以徐雲妮的風格，會挑一首八十年代的端莊老歌，沒想到是一首小眾的生日曲目。

這首歌整體輕盈，詞曲有點復古風，看得出徐雲妮應該是新學的，除了歌詞背得滾瓜爛熟，其他的完全不行。

調嘛，不是很準。

節奏嘛，對不太上。

發聲嘛，一點都不會。

不過她唱得非常認真。

徐雲妮唱完，吳航愣愣地看著她，問：「妳為什麼唱這首歌？」

徐雲妮：「你不喜歡嗎？」

「不是啊！」吳航激動地說：「我超喜歡啊！這樂隊妳熟嗎？」

徐雲妮搖頭，吳航介紹說：「這樂隊是主唱和鼓手在他們念高中的時候成立的，特別厲害呢。不過妳不熟悉怎麼挑這首歌？」

徐雲妮說：「我在網路上搜適合生日唱的歌，有人推薦了歌單，我聽了一遍，感覺這首大概是你的風格。」

吳航太興奮了，連連拍手：「徐雲妮妳真神欸！我就是喜歡 Indie Band 的風格。」

徐雲妮回到座位，坐在時訣左右兩邊的學妹A、B都看著她。

學妹A歪著脖子，陰陽怪氣道：「不是吧學姐，這水準也能獻唱啊，除了英文發音，還有什麼是能聽的啊？」

徐雲妮對她說：「妳張嘴。」

學妹A：「……啊？」

她一「啊」，嘴巴直接張開，徐雲妮從桌上果盤取了顆大草莓，順勢塞到她嘴裡。

「……唔唔唔！」

學妹B湊過來說：「妳活該！一點禮貌都沒有！」學妹B對徐雲妮說：「學姐，她在班裡就超招人煩的！」

徐雲妮把麥克風還給她們，兩人又去前面唱歌了。

徐雲妮坐下，只覺得口乾舌燥，拿了瓶涼汽水，在桌上沒找到開瓶器。時訣伸過手，徐雲妮交給他，他拇指抵在瓶口一側，在金屬櫃邊緣那麼一磕，就開了。

徐雲妮評價：「真熟練啊。」

時訣說：「妳家開餐飲，妳也熟練。」

徐雲妮喝了幾口冰涼的氣泡水，帶著桃子的香甜氣味，流淌過咽喉。

她放下汽水，長呼一口氣，向後靠到沙發裡，感概道：「唱歌太累了，比考試累多了。」

時訣完全不覺得：「有嗎？」

徐雲妮掐掐嗓子的位置，還在回憶剛才的演唱，「我是不是調起高了？」

「聲帶拉太緊了，咽壁挺著，」他說：「還讓妳蒙出點咽音的味道呢。」

徐雲妮完全聽不懂這些詞，只懂聲帶太緊，說：「我嗓子一直繃著，有時候說話也是，說多了就緊得要命，怎麼搞啊？」

時訣：「別太用力，妳的發聲方式已經形成習慣了。」

徐雲妮看著前方的吳航，好奇道：「班長，什麼是 Indie Band 風格？」

時訣：「獨立樂隊。」

完全直譯，徐雲妮還是不懂，接著問：「那有不獨立的樂隊嗎？獨不獨立風格有什麼差別？」

時訣說：「以前獨立樂隊很多都沒簽唱片公司，作品不遵循主流或者市場規則，更多表達自己的音樂理念。現在倒是沒那麼有分界了，『獨立音樂』也不是風格，主要是一種音樂態度，有點……」他一邊掏菸，一邊「嘶」了一聲，「我感覺是龐克精神的延續。」

徐雲妮：「什麼是龐克精神？」

時訣點了菸，轉過來，看著她。

四目相對老半天。

他拿出手機，在那鼓搗了一下，又從口袋裡掏出一副耳機，自己戴一支，遞給徐雲妮一支。

「這首就是龐克樂。」

他放的不是完整的曲子，而是一個片段，上來就是簡約密集的鼓點，曲調很有刺激性，不斷重複。

聽了一下，他問她：「怎麼樣？」

徐雲妮：「有點熱鬧。」

時訣笑著說：「啊，是這樣的。」他又換了一首，「妳再聽這個，這是個商業化非常成功的樂隊，但他們其實也屬於獨立音樂，現在的分界沒那麼清晰了，很多小眾甚至有點逆主流而上的意思。」他琢磨著說：「時代的風向總是變來變去的。」

接下來，時訣播放許多音樂片段，一組一組，有些有人聲，有些是純音樂，然後跟她講了大概的類型。

包廂裡非常吵，為求聽清楚，徐雲妮一手壓著耳機，一手捂住另外一隻耳朵，頭微微低著。

時訣：「這種就是比較學院派一點的，妳可能會喜歡……」

他們離得很近，近得褲管都碰到了一起，呼吸裡，除了菸草和香水外，還混著一點淡淡的桃子氣泡水的味道。

又沉落，又跳脫。

他為了讓她聽清楚，說話的聲音放輕了不少。

「學院派風格就是比較嚴謹規範，有嚴格的系統和標準。」

徐雲妮歪著頭看他。

時訣：「怎麼樣？」

徐雲妮發自肺腑道：「完全聽不懂……」

時訣哈哈笑了兩聲。

徐雲妮看著他開懷的樣子，微微愣神。

今晚聚會，時訣是從舞社那邊趕來的，他沒穿校服，裡面一件黑背心，下身是條異常寬鬆的黑色休閒褲，配著一件運動外套，一身像是潑了墨似的。

襯得那雙眼睛特別的亮。

其實，那晚過後，她與他見面，多少能感覺出一點彆扭，但那沒有持續太久，他很快就恢復了正常來往，每日聊聊天，說說話，開開清涼又悠閒的玩笑。

時訣笑夠了，說：「其實妳蠻敏感的，妳不是找出吳航喜歡的音樂風格了嗎？多聽一些，就會知道自己喜歡什麼。」

她把耳機還給他。

徐雲妮靠回沙發裡，看著前方學妹們大合唱，看了一陣子，腦子有些放空似的，喃喃道：「……她們唱歌怎麼那麼輕鬆？」

時訣還是說：「別太用力就好了。」

說得真簡單。

時訣伸過手來，指尖在她咽喉前上下畫了一道，「這段位置，要鬆下來，不然太壓縮聲音。妳可以試著模仿喝東西，或者打哈欠，找找感覺。還有就是妳的呼吸太淺了。」

徐雲妮聽著他的話，看著他收回去的手，腦中忽然閃過一個古怪的念頭……

如果是之前，他的手肯定會碰到她的喉嚨。

這樣一想的話，集中告白日之後，似乎出現一些變化。

時訣看她發愣，以為她在醞釀，說：「要不要試一試？放輕鬆點。」

徐雲妮回神，說：「還是別了，聽專業的人唱吧。」

「專業？她們嗎？」時訣看看前面的兩個學妹，「她們技術不行。」

徐雲妮：「這還不行？那誰行啊？」

時訣稍微歪了點頭，像在腦子裡篩人，最後嘴角往下一扯，說：「……嘛，雖然他的演唱風格我是真吃不下，但單論機能和技巧，王泰林確實是強的。」

這一句話說得跟咽藥一樣吃力，徐雲妮不由道：「你誇個王泰林這麼難受嗎？」

時訣瞥她一眼，翻了個涼絲絲的白眼，哼了一聲，半分戲謔半分真。

徐雲妮忽然說：「班長，我好像還沒聽過你唱歌呢？」

「是嗎？妳想聽什麼？」

「都可以，你隨便唱唱。」

時訣答應得非常簡單：「行，等這根菸抽完的。」

徐雲妮就安靜等著他抽菸。

口袋裡忽然震動起來，徐雲妮拿出手機，是李恩穎打來的電話。

包廂裡實在太吵，徐雲妮握著手機起身，說：「我出去接個電話。」

時訣讓開位置。

徐雲妮出了包廂才接通。

李恩穎在手機裡說：『妮妮，妳快回家來！』

徐雲妮聽她聲音很急，眉頭皺起，「什麼？怎麼了？媽，妳別急，出什麼事了？」

『不是，妳……妳回來……我和……』聽筒裡的聲音斷斷續續的，訊號好像特別不好，『我們在地下室，正要回……總之妳快回來，我有重要的……』

徐雲妮完全聽不清楚，只感覺她特別急切。

「好好，妳別急，媽，妳在家等著我，我馬上回去！」

徐雲妮掛了電話，好像有點幻視了從前，腦子裡的弦忽然之間繃成一條線。

包廂裡，時訣正在撚菸，見徐雲妮匆忙跑回來，臉色有些緊張。

他一愣，問：「怎麼了？」

徐雲妮腦子裡還在想電話的事。

「是我媽的電話……」

「有什麼事嗎？」

「我不知道，她讓我馬上回去。」徐雲妮拿起校服外套和書包，到前面碰碰正在玩桌遊的吳航的手臂，小聲說：「吳航，不好意思，我這邊突然有急事，要先走了。」

吳航說：「啊？那行，謝謝妳過來哈，還唱歌。」

徐雲妮最後說：「生日快樂，你們好好玩，我們學校見。」

她準備離開，發現時訣站在門口。

「我送妳吧。」他說。

徐雲妮下意識想說不用，但她馬上又想到家裡那幾個人，趙博滿、趙明櫟、張阿姨……

如果真有什麼需要幫忙的急事……

「好。」她說。

他們離開KTV，在門口攔了一輛計程車。

車上，徐雲妮坐在副駕駛座，看著前方的路。

時訣坐在後排，他看看徐雲妮的臉色，身體前傾，手背碰碰她的椅子邊，低聲說：「別太緊張。」

徐雲妮點頭。

聚會的地方離家不算很遠，路況好，二十分鐘左右就到了。

兩人下車，徐雲妮要付錢，時訣說：「先別，跳表等一下，妳回去看看需不需要用車。」

「那你……」

「我在這等著，妳有消息直接打電話給我。」

「好的。」

徐雲妮來不及多謝他，急匆匆往家跑。

按響門鈴，徐雲妮深呼一口氣，告訴自己不要慌亂。

門開了，「砰」的一聲！

徐雲妮嚇了一大跳，眼前嘩啦啦落下一堆彩帶和亮片。

李恩穎從後面跳出來，高舉雙手：「Surprise——！」

徐雲妮張開嘴，李恩穎過來一把摟住她，「成啦！」

徐雲妮轉頭看她：「……什麼成了？」

李恩穎招呼後面：「快快快！」

後面，趙博滿拿著個袋子興沖沖跑過來，放到她手裡，「我和妳媽剛從主管機關拿回來的！哎呦，盯了一天，他們主任下班被我堵住了，要不然還會拖！」

客廳裡，趙明櫟躺沙發上，笑著說：「妳快點看看吧，我爸好不容易自己辦了點事。」

徐雲妮看著手裡的袋子，隱隱有了預感。

她打開文件袋，裡面裝著戶口名簿、轉學申請表，還有各種證明材料。

李恩穎說：「妳趙叔今天可辛苦了。」

趙博滿不好意思地說：「沒沒沒，我不辛苦，這是彌補之前的失誤。手續都齊了，華衡那邊也都聯絡完了，妳學校有放東西嗎？沒放的話明天就可以直接去了。」

「我……」徐雲妮回想了一下，「沒放。」

趙博滿說：「那明天我送妳去上學！」

徐雲妮靜了幾秒，「嗯」了一聲，又問：「就這件事嗎？」

「對啊，」李恩穎說：「來，放下書包，快進屋，我買蛋糕了，我們好好慶祝一下！」

就這件事。

徐雲妮看著手裡的袋子，這事不能說不重要，但是……

徐雲妮心道，早知道當時別那麼慌，多問幾句就好了，最起碼能留出一首歌的時間。

看著李恩穎和趙博滿高興的樣子，徐雲妮也笑了笑，說：「謝謝趙叔。」

趙博滿擺擺手：「沒有沒有，別謝我了，都怪我之前那麼馬虎，搞出這種烏龍，耽誤妳備考了！」

「不會的，華都也挺好的。」徐雲妮放下書包和文件袋，對李恩穎說：「媽，我出去一下，剛才搭車回來，車費還沒結。」

出社區花費的時間比進來長許多，大概是因為進來的路上用跑的。

她在心裡算了一下自己來華都的時間，滿打滿算剛好三個月。

當初李恩穎說三個月內肯定轉走，居然真的落實了。

她以前說話有這麼可靠過嗎……

快走到大門的時候，徐雲妮腳步逐漸放緩。

時訣站在社區門口的噴泉旁等著。

腳步越來越慢，到最後終於停下。

徐雲妮站在一塊被樹枝半遮擋的區域，看著他的身影。

他上學的頻率只能用三天打魚兩天曬網來形容，那時徐雲妮沒產生現在這種「看一眼少一眼」的心態。

徐雲妮歪歪頭，有點好奇他衣服的材質，濃黑成這個樣子，漩渦似的吸收了社區門口所有的柔光，只有胸前的一道拉鍊，反射出光亮的銀，覆在黑色的軀體上，像是一條蜿蜒在夜裡的河。

他站了一下，拿出手機。

徐雲妮的口袋震了一下。

她拿出手機看，他傳來一句：『需不需要人過去？』

徐雲妮終於邁開腳步。

時訣見她出來了，收起手機。

她走到他身前，他看她的神情，做出判斷，說：「看來是沒什麼事？」

「嗯。」也不能說完全沒事，徐雲妮說：「不是我想的那種，還好。」

「那就行，妳還要去吳航那嗎？」

「不了，有點晚了。」

「好，那就回家去吧，壓壓驚。」他笑笑，「我先走了。」

他轉身往計程車走去，剛走兩步，徐雲妮喚他：「班長。」

他回過頭。

徐雲妮說：「我的轉學手續辦好了。」

靜默片刻，時訣開口道：「說有急事是這個事啊。」

徐雲妮：「對，我媽他們今天晚上才辦完手續，剛拿回來就迫不及待想讓我知道了。」

時訣：「那妳什麼時候走？」

徐雲妮：「明天。」

時訣再次愣住，「……啊？」

徐雲妮無奈道：「我也覺得很突然。」

時訣轉向一旁。

「好吧，本來妳也要去那邊的，就是走得有點急，不然班裡聚一聚，還可以送送妳。」

「……啊，」徐雲妮稍低著頭，「是太急了。」

時訣看過來，徐雲妮的髮絲因為剛剛跑出了汗，貼在兩鬢上。

「好好讀書吧。」他說。

徐雲妮說：「班長也要好好讀書。」

「嗯。」時訣笑了一聲，「行。」

場面又靜下來了。

頌財公館位置其實蠻靠近市中心，但鬧中取靜，周圍有一間大型醫院，和一個公園，極少的商業相關店鋪，一到晚上，就靜得離奇。社區貴有貴的好處，門口設計得非常高級，一排排綠植剪得異常規整，外牆沖洗得一塵不染，下面埋著暗光，非常溫柔的光源，照耀著周圍。

「那我先走了，」時訣說：「有事電話聯絡我。」

「嗯。」

路邊計程車還等著，時訣朝那走過去。

他轉身的一瞬，徐雲妮的腦子裡一閃，還沒想好什麼，手已經伸出去了。

她拉住他的衣服，把他拽回頭，脫口而出：「時訣，我以後還能見到你吧？」

他愣住了。

隨後，徐雲妮在他臉上見到一種從未有過的神色，很無奈似的，複雜的視線，他好像不太喜歡露出這種表情，偏過臉去。

「妳不是去華衡嗎？又不是奔月，有什麼見不著的。」

他沒有看著她說這話，徐雲妮覺得這應承還不夠，又說：「那你有空就聯絡我，行嗎？到時候我也——」

她說一半，他眼瞼稍闔，頭偏得更開了。他的嘴巴動了動，聲音非常輕，完全聽不清楚在說什麼。

「……時訣？」

她終於把他喊回頭了，他先看看她拉著他的手，再看向她的臉。那雙狹長的眼眸微微一斂，臉冷了些，一切感官都收進去了。

「徐雲妮，知不知道自己在說什麼啊？」

「什麼？」

「怎麼算有空就聯絡妳？」他略帶諷刺地問，「需要我每天叫妳早起，道晚安嗎？」

徐雲妮一頓：「我不是這個——」

時訣：「那是什麼意思？」

也許是突然到來的分別刺激了所有人的神經，他們在集中告白日之後，逐漸找到的猶如黑巧克力般的甜與苦的微妙平衡，一瞬間就打破了。

她問：「不說這些就不能聯絡了嗎？」

「哈。」時訣笑了，「能啊，那接下來我們就以『普通朋友』的身分，互相報告行程，分享每日的喜怒哀樂吧。」

徐雲妮：「我沒說每天都要聯絡。」

時訣往前走了半步，離她很近很近。

「妳到底想表達什麼？」他低著頭，聲音因為角度擠壓，稍微有些低，「說實話，徐雲妮，我跟『普通朋友』平時真的不怎麼聯絡。」

徐雲妮覺得，世事變化甚快。

半小時前，他身上這種淡淡的菸草和香水混合的氣味，還讓她覺得舒適與安心，現下卻突然給予了她強烈的壓迫感，讓她下意識整理情緒，站直身體，與之針鋒相對。

「難道不談戀愛就絕交嗎？」她問。

他沒回答。

徐雲妮：「是嗎？」

她怎麼能這麼理直氣壯？什麼問題都不答，把責任推過來。

時訣盯著這雙直白的眼睛。

他已經問過她兩次了，她也拒絕他兩次，現在卻以這樣的表情，拉著他的手臂，提這種要求——即使他心裡知道她本意可能沒想那麼多，但這還是讓人不爽。

時訣視線向上，白眼翻向夜空。

他是不是被PUA了啊？

這念頭一起，他「哧」了一聲：「我真是……」

徐雲妮：？

不管如何，他這聲一出，氣氛就沒那麼僵硬了。

「沒那麼誇張，不至於。」時訣輕飄飄地說：「那就照妳說的來吧，常聯絡。」

形勢峰迴路轉。

徐雲妮愣了一下：「哦，好。」

時訣看著面前的人。

只是，這種連面都見不到的曖昧，又能持續多久呢？他完全不清楚。

「那欠的那首歌先存著，以後唱。」徐雲妮說。

時訣乾「呵」了一聲：「妳慢慢規劃吧，我走了。」

他走到車旁，拉開車門，坐進去。

徐雲妮跟過去，敲了敲窗子。

他按下來，徐雲妮說：「班長，這段時間謝謝你的關照。」

時訣說：「客氣了，歡迎徐老師下次蒞臨指導。」

徐雲妮忽略他的陰陽怪氣，順勢點頭：「那就下次見了。」

時訣靠回椅子裡。

車子緩緩發動。

徐雲妮禮數做全，一直在原地站著，目送他離去。

等計程車徹底消失於視野後，徐雲妮稍低下頭，腳在地上隨便一踢。

再抬起頭時，她的手不自覺地在下巴處蹭了蹭，神情沒有剛才那麼坦然了。

今天這事做的……她承認，確實狡猾了點。

主要她一想到時訣這個人，想到他光怪陸離、花樣翻新的生活環境，總覺得如果不說點什麼讓他這麼走了，很有可能就徹底飛了。

至於這念頭的緣起，以及這事情的對錯，她什麼都沒來得及考慮。

反正是先幹了。

徐雲妮回了家。

家裡，李恩穎和趙博滿高興地說著話，李恩穎拆了蛋糕，全家一起分了吃。

趙博滿又跟她說了從教育部門聽到的轉學注意事項。

「……總之，跟轉華都差不多，就是這次我們去的急，學校那邊有些用品和書籍還沒拿到，明天我跟妳去學校一起弄一下。」

徐雲妮說：「好。」

趙博滿說了一番，最後舒心地呼出一口氣：「哎，終於轉到明星學校了。」

一旁的趙明櫟說：「明星學校有什麼意思啊，在我看還不如她現在念的這所呢。」

趙博滿：「你懂什麼呀，現在這個是藝術中學，成績根本不行的！」

「但是人養眼啊。」趙明櫟朝徐雲妮抬抬頭，笑著說：「是吧？」

徐雲妮舔了口蛋糕上的奶油。

趙博滿指著他：「你你你、你天天就扯這些閒淡吧！」

又折騰了一下，時間不早了，李恩穎讓徐雲妮今天早點休息。徐雲妮很聽話，上樓洗漱，然後把第二天要帶的東西整理一下，就躺床上了。

時間比往常早，她閉著眼睛老半天，沒什麼睡意，把手機拿過來。

她在華都加了好幾個群組，三班的群組裡正在直播吳航的生日會；王泰林小分隊則剛剛討論完今晚的直播效果；合唱打雜群組自從錄影完就一直沉寂著……

她最後點開時訣的聊天室，看著那則『需不需要人過去』，看著看著，漸漸睡著了。

翌日清晨，陽光傾灑。

徐雲妮睡得早醒得也早，起來再次整理物品，下樓吃飯。

準備就緒，趙博滿送她去學校。

華衡的位置在城東，是一塊很熱鬧的商業區域，附近有好幾個大型商場和飯店，華衡在它們中間圈了巨大的一塊地，鎮住了一方肅靜。

趙博滿把車停在對面餐廳的地下室，然後跟徐雲妮步行前往學校。

徐雲妮因為沒有校服，被門口警衛攔住了，趙博滿跟他說半天，警衛堅持必須有人來接才放人。

「那我……」趙博滿沒想到會這樣，「我也不知道誰接啊，就……」

徐雲妮在旁看著，拿出手機搜尋華衡中學官網，找到聯絡電話，直接打到了校務辦公室，簡單說明情況。

沒多久，來了一位老師，將他們接進去了。

他們被帶到辦公室。

「稍等一下，我去叫王老師。」

沒多久，來了一位四五十歲左右的女老師，身材高挑，面頰瘦長，盤著髮，她問：「妳是徐雲妮吧。」

「對，」徐雲妮說：「老師好。」

經介紹，徐雲妮得知，這位是她的新班導師，姓王。有別於迷迷糊糊的華老闆，王老師看起來精明又嚴厲。

她一邊準備書本教材，一邊問了她的情況，評價烏龍轉學事件，說：「家長也太粗心了。」

趙博滿站在旁邊，抿著嘴不敢回話，就差低頭摳手了。

「來，給妳。」王老師拿著一疊書，有習作還有試卷，「這些妳先拿著，我看看……哎！喬文濤，過來！」她向門外招呼著誰。

徐雲妮轉過頭。

一名男生聽到老師召喚，小跑過來，他個子不矮，也不算胖，就是肉沒那麼緊實……有點刻板印象中優渥男學霸的那種高體脂的感覺，一跑起來身上一顫一顫，看起來軟乎乎的。

「喬文濤，這是我們班新來的同學。」王老師說：「她叫徐雲妮。」

喬文濤聽完，轉過頭朝她一笑，友好道：「妳好。」

一嘴熱情洋溢的光亮大白牙。

徐雲妮也說：「你好。」

王老師看起來還有別的事要忙，說：「喬文濤，你先帶她回班吧，把習作都帶著，先跟一天看看，然後那個……來，家長留一下。」

趙博滿被點名，身體一激靈，忙說：「在，老師有事您就說。」

喬文濤帶著徐雲妮往外走。

走廊裡安安靜靜。

喬文濤興致勃勃地問徐雲妮說：「妳是從哪裡轉來的？」

徐雲妮說了個城市，喬文濤驚訝道：「原來是外地啊，我說怎麼這個時候才轉學。」他又說：「妳在我們學校要是有不懂的或者不明白的都可以來找我。」

「好，謝謝你。」

「不客氣，我該做的，」喬文濤笑著說：「我是我們班班長。」

徐雲妮腳下一停。

喬文濤回頭，看徐雲妮稍歪著頭，仔細打量他。

「怎麼了？」他問。

喬文濤留著整齊的平頭，臉型方正，濃眉大眼，皮膚偏棕，臉上有兩顆尚在發炎的青春痘，鼻下存有一點點鬍子印，戴著一副厚厚的眼鏡，還是遮不住一雙炯炯有神的眼睛。

他身上透著一股徐雲妮非常熟悉的優等生的氣質，有些嚴謹，但又不失熱情赤誠，整體看起來非常有精神。

這就是她心裡「班長」該有的樣子。

但為什麼剛剛有一瞬間感覺有點違和呢……

徐雲妮琢磨著，她真的有點被洗腦了。

喬文濤眨眨眼：「怎麼了？是忘了什麼東西嗎？」

「沒有，」徐雲妮說：「剛想到點事情。」

他們接著往前走，辦公室離他們班遠，一路上喬文濤話沒停過，他跟她介紹了學校和班級的大概情況，甚至連每科老師叫什麼名字，是什麼教學風格都跟徐雲妮說了一遍，事無鉅細。

「妳想坐在哪？」喬文濤問她，「我們班現在大概空了四五個位子，不過都離講臺比較遠，妳想坐近一點還是遠一點，可以跟我說，我去幫妳找同學溝通一下。」

「我坐哪都行，不挑。」徐雲妮說：「我沒近視。」

「真羨慕啊，我摘了眼鏡就瞎了！」喬文濤又問，「那妳坐靠後的位子也行嗎？」

「行啊，我本身個子也高。」

「確實，」喬文濤忽然放低聲音說：「其實我跟妳說，妳不是沒穿校服嘛，剛才我進辦公室看到妳背影的時候，我還以為是哪個老師呢！」

徐雲妮「嗯」了一聲。

喬文濤安靜了幾秒，然後悄悄看過來，「妳沒生氣吧？」
徐雲妮奇怪道：「我為什麼要生氣？」
喬文濤認真地說：「我怕妳覺得我把妳說老了。」
徐雲妮哭笑不得，說：「你也太誠實了。」
喬文濤：「哎，妳這用詞好一點，我們班同學都說我太憨，我平時——哎喲我！」他說著話，沒注意腳下，一個拌蒜，差點平地摔跤。徐雲妮反應快，伸手一把抓住他的手臂，拉住他。
喬文濤慌亂地說：「……哎呀，謝謝謝謝！」
徐雲妮看著他，沒說話。
喬文濤站穩之後，才注意到這雙異常平和的眼睛。
「我……」喬文濤抓抓後頸，「是不是丟人現眼了？」
徐雲妮靜默片刻，反問道：「你的成績在班裡排第幾？」
「啊？」喬文濤先是一愣，「為什麼問這個？我通常……嘿，通常是第一。」
徐雲妮點點頭：「我也覺得應該相當不錯。」
喬文濤有點不好意思，笑著說：「我看起來——」說一半，突然恍然大悟，「啊！妳、妳妳妳，妳的意思是我太蠢了，要不是成績好，肯定當不上班長對吧！妳妳妳——」
「哎，」徐雲妮眉眼一鬆，朝他揚揚下巴，輕聲說：「沒那個意思，別生氣。」

喬文濤感覺，跟說起話來情緒起伏總是很大的自己不同，這個新來的同學，看起來就像是結構異常穩定的線性方程式，非常踏實穩妥。

「我沒生氣……」喬文濤說：「這哪能生氣啊。」

踏入班級，徐雲妮腳步忽然一停，喬文濤小聲問：「怎麼了？」

徐雲妮搖頭。

她有多久沒看到早自習坐得滿滿的教室了？

「妳想坐哪？」喬文濤問她。

已經沒有完全空著的雙排桌了，徐雲妮指了一個還算偏中的位子。

「那裡有人嗎？」

「旁邊有，就是鄙人，」喬文濤小聲說：「那我們就當鄰居吧。」

教室裡明明全是人，卻靜得只剩翻書的聲音，聽到有人進教室，有幾個人抬頭看看，即使見到了陌生面孔，不過多停留四五秒鐘，然後便埋頭接著讀書了。

喬文濤帶她去了自己的座位。

他前後座的幾個同學看過來，有點好奇。

喬文濤說：「新同學，叫徐雲妮，今天剛來我們班。」

他們朝她點點頭，後座的女生逗他說：「你也好意思把人往你這領啊，還有下腳的地方嗎？」

徐雲妮看向她，女生戴著比喬文濤還厚的眼鏡，一頭短髮，蓬蓬的自然捲。再看喬文濤的隔壁座位，桌面、抽屜，甚至椅子上，都堆滿了複習講義。喬文濤急匆匆地收拾：「馬上馬上，妳稍等我一下。」

徐雲妮說：「我幫你吧。」

兩人好不容易理出點空地，徐雲妮入座，把書包課本都擺好。

這一番弄完，上課鐘響了，王老師抱著一疊書進教室。

她往講臺旁一站，十幾秒後才開口。

「幹什麼呢？我都進來多長時間了？還有誰沒把昨天的考試卷子拿出來？都知道考得不怎麼樣是吧？」

徐雲妮左右看看。

喬文濤碰碰她手臂，把試卷平鋪到中間。

徐雲妮抬眼一看，數學卷，差三分滿分。

她又看了喬文濤一眼：「厲害啊。」

喬文濤點點頭，小聲說：「還行吧，主要是考這張的時候我的狀態……」

「我看誰在那交頭接耳？」王老師淡淡的聲音從前方傳來，喬文濤嚇得趕緊縮縮脖子。

王老師看下面都準備好試卷，站到講臺上，隨口道：「下午體育改成測驗啊。」

徐雲妮聽到身後女生發出一聲不高興的：「啊……」

除了她，班裡還有若有似無的幾聲不滿，王老師自然也聽到了，拿著粉筆往講桌上一杵，說：「啊什麼？不願意的大可以自己出去上，我是不管的，就是到時候大考結束，成績出來，你叫你家長別在群組裡找我就行，好吧？」

下面一片寂靜。

王老師享受了一下臺下的鴉雀無聲，然後用一種像是自言自語，又恰恰讓全班都能聽到的音量說：「……都什麼時候了，一個個的，心是有多大。」轉過身，粉筆丟到黑板槽裡。

「來，上課！」

# 第十二章　正軌

生活好像一瞬間回到了正確的軌道。

經過一上午的適應，一切都變得熟悉了起來。

中午的時候，喬文濤帶徐雲妮瞭解了學校的學生餐廳，下午緊接著進行了兩場測試。

考試難度比華都整整高出一個等級，徐雲妮略微不適，寫得只能說差強人意。

試卷收上去後，喬文濤問她考得怎麼樣，徐雲妮說有點難，喬文濤說華衡的難度是比較高的，不要緊張，慢慢來，如果有什麼不會的可以問他。

下午第三節課下課，徐雲妮的手機震了一下，她悄悄拿出來看。

是時訣。

他傳來一張圖片，非常巧，今天華都也考試，華老闆監考睡著，口水都流出來了，然後吳航悄悄湊到他身邊做鬼臉，被時訣拍下。

徐雲妮看得笑了一聲。

她剛想回覆，桌面被敲了兩下，她轉過頭，王老師說：「來一趟。」

她跟在王老師身後去了辦公室。

王老師像喬文濤一樣先問了她考試情況。

「我看了一下，」王老師特地把她的試卷抽出來，「妳的情況比我想的要好一些，基本上是沒有什麼明顯不擅長的地方，但有些細節還是要注意，妳看比如說這一題……」王老師單獨提出了幾題講了一下。徐雲妮表示都理解了後，王老師還另舉了兩類似的題目讓她說怎麼解。

王老師講完題目，把試卷放一旁，看著她，說：「手機交上來吧。」

徐雲妮把手機拿出來，放到桌子上。

王老師說：「我先幫妳保管，晚上交給妳家長。」

徐雲妮：「嗯。」

王老師說：「妳是第一天來，老師當妳不清楚情況，這次就不用寫檢討了。妳是高三生，已經耽誤了這麼長的複習時間，現在更要把握。如果沒有目標，也沒必要來華衡對吧？妳要知道妳轉來這裡，妳家長是花了很多力氣的。」

徐雲妮說：「我知道，不會有下次了。」

「那……考卷基本就這樣了，然後我跟妳爸爸討論了一下住校的事情。這樣妳早晚自習都能上滿，注意力會更集中。不然妳家裡離學校遠，這樣每天往返，路上耽誤太多時間了。我是覺得這樣好一點，妳爸爸也同意了，現在問問妳的意見。」

徐雲妮說：「我沒有問題。」

「那好，今天晚上放學的時候妳來找我一下，我帶妳和妳家長去看一下宿舍。」王老師手指點點，「正好現在還空著一個雙人房，這是我們學校條件最好的宿舍了。今天看完宿舍後，妳還是照常跟妳爸爸回家，然後明天把東西帶好就正式住校了。」

「好。」

「妳先回去吧，如果還有不熟悉的地方，妳可以去問喬文濤。有一些講義我現在還沒有幫妳準備出來，妳需要用就跟他借，大概兩三天就能幫妳備齊了。」

又交代了一些事情後，王老師就讓徐雲妮走了。

回去後，喬文濤跟她說：「手機被發現了吧？哎呀，忘記提醒妳了，千萬別帶啊，王老師蜘蛛精化身，長八隻眼的。」

晚上放學，徐雲妮去找王老師，她們先去校門口接趙博滿，然後一起去看宿舍。華衡的學生宿舍只對高三開放，就在三年級教學大樓後面，學生餐廳的對面。

舍監老師等在門口，他們一起上了二樓，走到裡面一個房間，舍監老師敲敲門，裡面傳來一道聲音：「來了。」門一開，居然是個熟人，就是坐在徐雲妮後座的那個女生。

「王麗瑩，白天的時候通知妳了吧。」王老師說：「房間收拾好了嗎？」

「收拾好了。」王麗瑩說。

王老師：「妳開門怎麼這麼慢，剛才在幹什麼呢？」

王麗瑩兩眼發直：「看書啊。」

王老師走到書桌旁，看看桌面的習題：「這頁都寫完改完了，怎麼還放這，不會是剛翻開的吧？」

王麗瑩：「沒有，王老師，我複習一下。」

王老師提醒她：「妳給我打起精神來。」

後面，舍監老師對趙博滿說：「來，家長看一下，這個是我們的雙人宿舍，只剩這一個空床位了，然後這個正好是她的同班同學。」

趙博滿跟王麗瑩打招呼：「同學妳好。」

「這個房間住宿費的話是一個月一千兩百塊，二十四小時供電和熱水。」舍監老師帶著他們參觀房間。其實就是一個普通的套房，有洗手間，比普通飯店的套房稍微大一點點，有兩個矮櫃，兩張書桌，一張桌子已經堆滿了，另外一張空著。

舍監老師說：「如果確定沒有問題的話，先來這邊把費用交一下，我幫你開個單子。」

他們一起往外走，趙博滿對徐雲妮說：「就當是提前體驗一下大學住校了。」

舍監老師說：「我們這比大學住校更嚴格一點，住校生是全封閉化管理的，平時出校需要找我開單，主要是為了學生的安全著想，畢竟高中跟大學還是不一樣的。」

「是是是。」趙博滿說：「安全第一。」

等付完了錢，徐雲妮就跟趙博滿回家了，一路上趙博滿詢問她當天情況，徐雲妮都照實回答。趙博滿把手機還給她，說：「下次小心點……」

「嗯。」

回家見到李恩穎，她的轉學初體驗原封不動又說了一遍。

這一天過得頭暈眼花。

她上樓回房間，拿出手機看。

王泰林他們已經知道了她轉學的事，在群組裡大說特說。

班級群組也有點反應，有幾個跟她關係好的傳來幾個大哭的貼圖。

她點開時訣的聊天室。

他傳來好幾則訊息，可能因為她一直沒回覆，他最後一個訊息是：『？』

徐雲妮打字跟他說了情況，告訴他她很有可能要晚上才能跟他聯絡。

這次輪到他好久沒回覆。

徐雲妮累得不行，去洗了澡，回來直接睡著了。

一覺到天亮，徐雲妮迷迷糊糊睜開眼，拿手機來看，時訣昨晚快十二點了才回覆一個字：『行。』

她從這一個字裡，感覺到些微不滿，她很想跟他細說一下華衡的情況，但時間完全來不及了。

李恩穎昨晚幫她打包了住宿用品，實在過於臃腫，徐雲妮拆開從簡，弄了一個小行李箱。

今天李恩穎和趙博滿一起送她去學校，到得早，他們拿著舍監老師開的單子進了校園，直接去了宿舍。

王麗瑩已經出門了，屋裡空著。

李恩穎和趙博滿留下整理，讓徐雲妮去學校上自習，徐雲妮把手機留在抽屜裡，就離開了。

時間非常早，但班裡已經來了十多個人了，住校生全部到齊，王麗瑩問她有沒有搬進來，徐雲妮說：「東西已經拿進去了，我媽在收拾，今晚就住在這。」

王麗瑩小聲提醒她：「妳要是有什麼消遣的東西，趁剛開始這幾天管得鬆，趕緊往裡帶啊。」

喬文濤聽見了，批評王麗瑩：「妳都把新同學帶壞了！」

王麗瑩對著他放大鼻孔：「喲喲喲喲喲，就要帶，氣死你。」

新的一天開始了。

王老師批卷神速，昨天考的試卷，今天就拿過來了。

試卷發下來，喬文濤錯了兩題。

然後又發徐雲妮的試卷，錯了六題，王老師鼓勵說：「還可以，再接再厲。」

徐雲妮看著試卷，喬文濤在旁說：「挺好的。」

王老師發完試卷，站上講臺，開始上課了。

徐雲妮翻開記事本新的一頁。

念書是一種氣氛。

徐雲妮容易被氣氛刺激，當她周圍的人都奮筆疾書，成績不錯的時候，非常容易調動起她的學習熱忱。

一天課上完，放學的時候徐雲妮跟著非住校生一起離開教室。李恩穎早上就跟她說，正式住校前他們全家要一起吃頓晚飯，已經提前請好假了。徐雲妮來到校門口，李恩穎和趙博滿還有趙明櫟都來接她了。

趙明櫟說：「走吧，妳入獄前的最後一頓晚餐了，好好享受吧。」

趙博滿罵他：「你這破嘴到底會不會說話？」

趙博滿開著車載著一家人，又去了當初那個沒有招牌的酒館，趙博滿依然訂了之前的包廂。

徐雲妮走在走廊裡，路過隔壁，停下了腳步。

這次，這個房間空著的，徐雲妮推開門。

上次沒來得及看清，這間房比他們那一間要大一些，布置得精美華麗，有淡淡的鮮花和露水的香味。

「妮妮，走啊，我們是這一間。」李恩穎叫她。

徐雲妮回過神，關上房門。

……怎麼說呢？

不經意的一瞥，居然讓她品出了一點滄海桑田的味道。

胡吃海塞了一頓，趙博滿把她送回學校。

回到宿舍，拿鑰匙開門，王麗瑩匆匆忙忙好像在收拾什麼東西，一看進來的是她，鬆了口氣。

「哎喲，嚇死我了，我總忘了我有室友了……」

「妳幹嘛呢？」徐雲妮問。

「沒幹嘛。」

其實徐雲妮剛進來的時候瞄到一眼，王麗瑩應該是在看閒書，但她不想說，徐雲妮就當沒看見。

她從抽屜裡拿出手機，乾乾淨淨，一則訊息也沒有。

徐雲妮傳訊息給時訣，告訴他她住校了，也說了點華衡的情況。

這個時間時訣應該在舞社上課，徐雲妮放下手機，看了下書。

快要熄燈的時候，手機終於震了一下。

他傳來訊息：『剛忙完，我先洗個澡。』

過了五六分鐘，手機又震。

這次一震就沒停下，他直接打來了語音。

王麗瑩看過來，徐雲妮拿著手機去洗手間，小聲接通：「……喂？」

時訣：『什麼動靜？沒吃飯啊？』

不過短短兩天，再聽他的聲音，居然有點陌生了，徐雲妮問：「你那邊怎麼這麼吵？」

時訣：『哦，我們跟樂陽的合約簽下來了，我哥說要出去聚餐慶祝一下，正準備出門。』

徐雲妮：「恭喜啊。」

『恭喜什麼，又要開始當牛做馬。』他問她，『要不要聊天？要聊天我就不去了。』

徐雲妮張張嘴，最後還是忠於現實。

「太晚了，我室友還在看書，我不能打電話太久。」

他們隨口說了幾句就掛斷了電話。

徐雲妮走出洗手間。

王麗瑩看向她，「妳男朋友啊？」

徐雲妮：「不是，普通朋友。」

王麗瑩眨眨眼：「普通朋友還要去廁所接電話啊？」

徐雲妮過去鋪床。

王麗瑩：「高嗎？」

不答。

王麗瑩：「帥嗎？」

還是不答。

王麗瑩：「有一百八嗎？」

徐雲妮終於抬眼看她，淡淡道：「都有。」

王麗瑩做個鬼臉：「喲喲喲喲！都有！」

徐雲妮鋪好床，來到桌旁看書。

過了一下，到了熄燈時間，上床睡覺。

這一夜，徐雲妮做了一個夢，夢裡的場景，就是她晚上吃飯的那家酒館，那間大的包廂。

SD的人在那裡聚餐。

流光溢彩，燈影閃爍。

她在光影的縫隙裡，看到有人在跳舞，有人在唱歌……

華衡的生活，跟徐雲妮預想的不太一樣。

她知道華衡肯定比華都忙，但沒想到能忙到這個地步。

她白天不能帶手機，住校生又比非住校生多一節晚自習，要一口氣上到十點二十，回宿舍收拾完再洗個澡，都十一點了。等她拿出手機傳訊息的時候，眼皮都開始打架了。

第二天晚上，她打字打到一半睡著了，她比平時多熬了一個小時的夜，導致翌日迷迷糊糊的。

但到了晚上，她依然堅持跟時訣聊天。

到了第三天，她終於控制不住，在英語課上打了盹，被老師提醒了。

喬文濤借給她一管清涼油提神。

徐雲妮聞著濃郁的薄荷香，覺得這樣下去不太行。

當晚，她跟時訣說了這個情況，時訣讓她白天帶著手機，晚上就不傳訊息了。

『妳躲廁所玩手機妳班導師總不能發現吧？』

話是這麼說，但想起王老師那雙眼睛，和華衡的學習氣氛，徐雲妮最終還是沒有帶去。

就這麼拖拖拉拉又過了一天，到了週末。

時訣打來電話，問她要不要出來吃個飯，或者玩一玩。

徐雲妮說：「我們週六要補課，只有週日下午放假，晚上還要回宿舍報到。」

時訣：『行啊，那就週日下午，我空出來。』

徐雲妮這話實是難以出口，但還是告訴他，她事情有點多，出不去。

其實完全不是「有點」，她的事多到爆炸，王老師剛把華衡所有複習講義補發給她，還讓喬文濤把筆記借她，讓她自己抓緊時間把前面內容過一遍，然後去找她補課。

聽完徐雲妮的話，時訣靜了一下，輕輕「呵」了一聲。

『妳什麼意思？』他問：『白天不能帶手機，晚上不能熬夜，週末不能出來，那妳讓我聯絡妳什麼呢？』

徐雲妮靜了靜，深感這麼拖來拖去反而更加耗神，哪邊都照顧不到，她說：「對不起，是我這邊的問題，最近真的沒有時間，我們過段時間再聯絡。」

他似乎點了根菸，然後淡淡道：『那下次就別著急把話說太滿，當初那麼正經，我還以為言出必行呢。』

對此控訴，徐雲妮無言以對。

時訣：『妳好好讀書吧。』

說完就掛了。

徐雲妮獨自坐在床邊，稍微低下頭。

她坐了半分鐘，起身出門去自習。

這天過後，時間的流速突然變快了。

徐雲妮全部的注意力都放在讀書上。

上不完的課，寫不完的作業，寫不完的題目。

徐雲妮澈底適應了華衡，跟班裡的同學逐漸熟悉了起來。

有時下課時，當她與新同學閒談的時候，精神會抽離片刻，好像之前那兩個多月，只是一場夢而已。

如果是夢，算得上好夢嗎？

想想夢裡的過程，實在歡樂，只是結束的部分有些不盡人意。在暗處滋生的那似有似無的悵然，偶爾也會讓徐雲妮產生一種這夢做了跟沒做一樣的感受。

徐雲妮跟華都的朋友聯絡得越來越少，稍微還算緊密一點的是蔣銳，也許是因為還剩些酸澀的遺憾，他會時不時跟她講講華都發生的事，三五天一則訊息，次數也不多。

在他的講述裡，王泰林最近又去參加了歌唱比賽，取得了不錯的成績。劉莉要被父母送到一所大型藝考機構，進行最後階段的衝刺。然後丁可萌因為偷拍外校的一個學生被發現，被記過了。

最後，關於時訣的內容，蔣銳告訴她，有學妹跟他表白了，超級搞笑，買了超多的花，趁著夜深人靜把他抽屜塞滿了，年級主任氣炸了。

徐雲妮問結果怎麼樣？蔣銳說肯定沒戲啊，都沒抓住人，時訣第二天根本沒來學校，他現在超忙，好久沒來上學了。

日子一天天過著。

在華衡中學，徐雲妮最熟的就是王麗瑩和喬文濤。

王麗瑩的成績偏中游，喬文濤說她以前成績很好的，到了高三反而不想念了。

按王麗瑩自己的說法，就是學傷了，從小到大一直被逼著念書，某一天突然就膩了，只是因為底子好，所以成績還勉強維持著。

有一天，舍監老師來借熱水壺，只有徐雲妮一人在房間，舍監老師翻到王麗瑩書桌的櫃子下面。徐雲妮知道她平時藏東西都在那裡，趕緊拿出自己的水壺貢獻出去。

後來王麗瑩知道了這件事，對徐雲妮千恩萬謝，當晚，王麗瑩就給徐雲妮看了自己的珍藏。

居然是一箱大尺度漫畫。

王麗瑩推了推眼鏡，跟徐雲妮介紹她喜歡的各個國家的繪師，還向她推薦了幾本書。

「這位老師超會畫美男！」

徐雲妮對此興趣不大，婉拒了。

「妳可別跟喬文濤學啊。」王麗瑩說。

「學什麼？」

「只知道讀書啊，人多少要有點愛好，古人都說人無癖不可與交嘛。」王麗瑩說著，又道：「不過我告訴妳，其實喬文濤也是裝的，他有個暗戀對象，就是沒膽，不敢說話。」

漸漸的，徐雲妮也知道一些華衡的祕密。

這麼沒日沒夜地讀了將近一個月，華衡迎來了一次大型模擬考試。

這次考試題目非常難，交卷的那刻全班都發出了惆悵的哀嘆，徐雲妮也感覺自己考的沒有很好，正在想題目，王麗瑩忽然戳戳她後背，說：「哎，下雪了欸。」

徐雲妮往窗外一看，果然下雪了。

非常細的雪花，像鹽粒一樣，細細碎碎從天上灑下來。

那天晚上徐雲妮回宿舍，打開手機，滑了一下，有點驚訝的發現，今天居然是本省音樂類藝術統考的日子。

華都的好幾個同學都發了動態。

徐雲妮下意識想找時訣問問，他考得怎麼樣。

她點開時訣的動態，並沒有看到關於考試的內容，他上一則動態是一個星期前發的，關於某網路平臺即將在明年舉辦的一個名叫《舞動青春》的綜藝宣傳。下面有人向他詢問這件事，他回覆一些，大概的意思是，如果符合節目組要求，可以先在他們這理報名，然後他們還要招一些伴舞，有興趣的可以來試試。

徐雲妮看著這些內容，最後還是沒有問他。

天氣一天比一天冷。

又過了幾天，趙明櫟要出國了。徐雲妮想請假送他，跟王老師說明了理由，但那天正好遇到模擬考試，王老師沒批准。她沒直接拒絕徐雲妮，而是打了電話給趙博滿，說了情況，趙博滿當然明白王老師的意思，就跟徐雲妮說不用送了。

『明年放假他就回來了，很快的。』

徐雲妮想起當初時訣還說要約趙明櫟吃飯，結果沒來得及吃，現在她連送行都不行。

人真是一種一不留心就會一別經年的生物。

就這樣，一晃就到了期末。

期末試卷很簡單，大家考完了都說，這明顯是學校想讓他們回去過個好年。

考試結束後，沒過幾天就要放假了，放假前各班例行要開個同樂會，勞逸結合，放鬆身心。

因為徐雲妮積極的性格，在王老師那也算掛了名，而且她跟喬文濤剛好是隔壁桌，經常被打包一起，安排跑腿做事。

這天，喬文濤和徐雲妮要去幫班裡採購同樂會用品。

徐雲妮在校門口等他。

同樂會統一時間，有些高一、高二的學弟學妹們也準備去買東西，門口聚了一堆人，歡聲笑語。

喬文濤有點事沒忙完，王麗瑩陪著徐雲妮。

等待的時候，王麗瑩悄悄碰碰她手臂，小聲說：「哎，妳看那個女生。」

徐雲妮：「哪個？」

王麗瑩用眼神示意一個方向，說：「那個女生，看到了嗎？個子挺高的，披肩髮的那個。」

「看到了，怎麼了？」

「那就是喬文濤暗戀對象。」

徐雲妮看著她的校服。

「……那不是高一的嗎？」

「是啊，他老牛吃嫩草啊。哦不對，」王麗瑩糾正措辭，「是老牛夢嫩草，到現在還一句話都沒說過呢。」

徐雲妮看著那女生，大概能知道喬文濤為什麼不敢跟她說話。兩人氣質天差地別，喬文濤是完美符合所有刻板印象的憨厚書呆，而那女生既開朗又漂亮，元氣滿滿，一看就是特別活潑的類型。

「妳們又在說我什麼呢？」喬文濤後面過來，小聲說：「王麗瑩妳真是夠了……」

王麗瑩：「說你慫呢。」

徐雲妮見喬文濤的視線一直不由自主往那女生的方向看，問道：「她看起來也是要去買東西的，問她要不要一起走？」

「啊？」喬文濤震驚了，「不要啊，不是同個年級的，都不認識，怎麼一起走啊？」

徐雲妮看著那個女生，琢磨道：「我應該能跟她說上話……」

「妳怎麼說？」喬文濤緊張道：「妳不會要提我吧？」

「我不提你。」

「那妳要怎麼……」

「你在這等著吧。」

徐雲妮朝那女生走過去，她們三個女生站在一起，正在熱烈地討論著。

徐雲妮走過去，問那打頭的女生說：「同學，妳們是要去買同樂會用品嗎？妳們打算去哪買？」

女生回頭，看看她，說了個地方，離這有些距離。

「那麼遠？」徐雲妮問：「附近不是很多商場嗎？」

「這附近太貴了！我們要去輕工市場買。」

「哦，妳們是三個人嗎？我……」徐雲妮說著，稍微歪歪頭，「欸？妳……」她盯著那女生，那女生也盯著她，兩人就這麼來回對視了幾輪，最後徐雲妮說：「我是不是在哪見過妳啊？」

那女生也說：「我也感覺我們見過，在哪啊？」

靜了靜，徐雲妮忽然說：「妳是不是在ＳＤ舞社上過課？」

「……啊！我想起來了！」女生大叫一聲，激動道：「對對對！有一天我剛打完球去上課，帶了一個好大的包，妳讓位子給我，哎呀！謝謝妳！」

「我也想起來了，原來妳也在華衡念書啊，好巧。」

「是啊，我後續都沒在舞社見過妳欸。」

「我不是學員，我去找人的，我有個朋友在那當老師。」

「誰啊？」

「時訣。」

女生吸了口氣，旁邊兩個女生也湊過來：「學姐，妳是時訣的朋友嗎？」

大家七嘴八舌聊起來。

喬文濤和王麗瑩站在角落，看那四個人突然間超熟絡的樣子，湊在一起，大聊特聊。

然後徐雲妮回頭，朝他們這邊招招手，喊他過去。

徐雲妮說：「我們也去輕工市場買東西吧，便宜點，我們共乘一輛車走。」

喬文濤眼睛都不敢抬：「……好好，我來叫車。」

來了輛車，喬文濤糊里糊塗坐到前座，後面四個女生擠在一起，一路上嘰里呱啦，嘴沒停下過。

「妳有沒有上過他的編舞課，超強的！」

「……我沒選過，我害怕。」

「怕什麼？」

「看他那樣子就不敢跟他說話。」

「沒事的，很好相處的，上次我們想找他幫忙扒舞，一節課就扒完了，就是有點貴，算私教的錢。哎呦他跳女團舞超甜的！」

「啊啊啊！那下次我也約他課看看，但最近約課都沒有他，是不是去上學了？」

「沒有吧，他最近有活動出門了，妳們沒看見，他臨走前好多人逗他，說時老師你出門在外一定要注意安全，外地的女人都是老虎！」

「哈哈哈！」

她們一路暢聊，聊到商場，然後買東西的時候還在聊，一直聊到出門。

喬文濤拎著大大小小的袋子跟在後面。

因為東西實在太多，裝不下，他們回程時只好分開走。

那高一的學妹從喬文濤手裡接過他幫忙拎著的東西，甜甜一笑，說：「謝謝學長啦！」

喬文濤魂都要被她笑沒了。

學妹們先一步搭車走了。

喬文濤原地回味了一陣子，然後問徐雲妮：「……妳們剛剛說的是誰啊？」

徐雲妮：「一個舞社的老師，她們在那學舞，我也去過那。」

喬文濤：「啊，怪不得妳說能跟她說上話……」

喬文濤回想這一晚聽到的內容，有點酸酸的，「那舞社老師還是學生嗎？」

「對，跟我們同屆的，在華都念書。」

「華都？那所藝術中學啊？那學校好像不太行啊，升學率好低的……唉，是不是長得帥啊？其實男人光長得好看有什……」

「喬文濤。」

喬文濤嘀咕到一半，忽然被打斷，他一轉眼，徐雲妮平靜地看著他。

她用這種語氣叫他名字還是第一次，這種視線看他也是第一次，冷得喬文濤心裡一顫，問：「怎、怎麼了？」

徐雲妮說：「別這麼說我朋友。」

喬文濤一怔，欲語還休，最後心虛地低下頭，「對不起，是我小心眼了……」

認錯倒是快，徐雲妮看他垂頭喪氣的樣子，又說：「多展示自己的長處吧，人都有優缺點，男生還是自信一點比較有吸引力。」

喬文濤問：「那他有什麼缺點？」

徐雲妮想了想，說：「他數學超爛。」

喬文濤：「……啊？」

徐雲妮「呵」了一聲，去路邊叫車。

從商場出來，天又下雪了。

還是小雪，好像這座城市的雪都下不大。

徐雲妮抬頭看……

這雪給她的感覺，有點像某個人，一方面，微小得好像吹口氣就要消失了，另一方面，它又漫天飛舞，無所不在。

開過同樂會，華衡中學就正式放假了。

對於高三的最後一次假期，王老師的意思是大家好好享受，她沒有安排很多作業，王老師說都到這個時候了，重要的是靠自覺。

徐雲妮想找時訣，但動態上看到他最近還在外地。

她等著等著，等來了王泰林小團體的邀約，他們找她出來吃飯。

在一家披薩店。

當日天氣很冷，徐雲妮裹著厚厚的毛呢大衣，戴了一頂棉織帽子，一路小跑進了店裡。

王泰林他們已經到了。

「哎喲，這是誰呀？」王泰林指著她，驚訝道：「這不是我們華都的叛徒徐雲妮嘛！」

徐雲妮一屁股坐進椅子裡，看看這三位。

「看什麼？就兩個月吧，不認識了？」他打量徐雲妮一輪，「不過妳怎麼更土了？」

徐雲妮開口道：「見面就這樣是吧？王哥，藝考成績怎麼樣啊？」

「哈哈！」王泰林大笑兩聲，「妳以為這個能傷到我？」

徐雲妮以為他考得不錯，他緊接著一句：「老子根本沒考！」

徐雲妮挑眉。

蔣銳在一旁說：「王哥之前參加比賽不是成績還可以嗎？有公司找他了，一個做……那叫什麼？ＭＣＭ的公司？」

「ＭＣＮ，」劉莉一邊吃雞排一邊糾正他，「做新媒體孵化的，ＭＣＭ是包。」

「啊啊！對。」

徐雲妮看著王泰林：「厲害啊，怪不得春風滿面。」

王泰林意氣風發：「今天我請客！」

他心情不錯，胃口大開，點了滿滿一桌。

劉莉對徐雲妮說：「怎麼感覺好久沒見了。」

「是啊，」徐雲妮又問，「你們考得怎麼樣？」

「劉莉考得好，我普通。」蔣銳說。

「沒事啦，過了錄取線就行。」王泰林在那邊安慰他，「等校考的時候再發力。」

徐雲妮拿起一塊榴槤披薩，舉了好高才扯斷起司拉絲。

「時訣考得怎麼樣？」她問。

「妳不知道嗎？他沒跟妳聯絡啊。」

「沒怎麼聯絡。」

「哦，也正常，我們也好久沒見到他了，他們舞社那邊好像忙得很。」

徐雲妮問：「他參加考試了嗎？」

「當然參加了，」劉莉說：「他音樂類並列第三吧，好像是。」

徐雲妮：「這麼好？」

王泰林：「他準備得不充分，不然肯定有機會衝第一的，主任超級遺憾！」

他們聊了一下時訣，又聊起了別的事，嘻嘻哈哈的。

吃完飯，他們一起去看了電影，一個賀歲檔的喜劇片。王泰林笑點極低，笑得上氣不接下氣，惹得後座小孩用手拍他。

看完電影，他們又去了電玩城，王泰林和蔣銳玩賽車，徐雲妮和劉莉先夾娃娃後撈魚，玩得不亦樂乎。出來後他們又去了KTV，王泰林霸著麥克風兩小時不放手，等唱完都半夜了。

王泰林還想去喝點什麼，徐雲妮說撐不住了，她要回家了。

王泰林就逗蔣銳：「你送她呀？」

「啊？」蔣銳突然被提及，皺眉道：「王哥你幹嘛啊。」

「哈哈！」

冬季的街道，風吹得透徹心脾。

徐雲妮看看被逗得有點不高興的蔣銳，對王泰林說：「想過二人世界了？」

一旁劉莉還沒聽懂什麼意思，王泰林老臉一豎，指著徐雲妮：「妳他媽離開華都真是越來越不可愛了。」

他們最終在KTV門口分別。

「年後見啦！」劉莉對她說。

徐雲妮：「我們年後要補課。」

劉莉：「啊，那就升學考結束了再玩吧！」

徐雲妮告別了他們，搭車回家。

路燈套上了燈籠罩，主幹道的樹木上也掛滿了彩燈，馬上就要過年了。

雖然家裡人不多，但過年的氣氛還挺足的，李恩穎買了好多東西裝飾別墅。趙博滿有不少飯局，李恩穎都陪同出席，本來有一些該帶著徐雲妮的，但因為她是高三生，要備考，李恩穎就全推掉了。

除夕夜，各種拜年電話不停歇。

徐雲妮人緣不錯，接了不少新年祝福，也發出去不少。

她同樣傳給了時訣，但他還沒有回覆。

李恩穎讓她幫忙做拌菜，徐雲妮說：「我等下弄。」

她拿著手機上樓，回到自己房間，她站到窗邊，指尖點點窗沿，想了一下，然後打電話給時訣。

居然打通了。

一聲淡淡的：『喂？』

徐雲妮：「喲，班長。」

安靜幾秒，他故意問的一樣，『誰啊？』

「我是徐雲妮啊班長，新年快樂啊。」

她問候的聲音一如既往的坦然平和，帶著一絲過年的熱情。

『哦，不好意思，』時訣說：『剛沒聽出來。』

「班長，你還在外地嗎？」徐雲妮聽他那邊好像很多人的樣子，甚至有廣播一樣空曠的聲音，有人在叫候場，「……你是要演出嗎？」

他似乎在整理東西，『嗯』了一聲。

徐雲妮：「今晚？在哪能看到嗎？」

靜了靜，他說了一個網路平臺。

「你幾點登場，我來蹲守一下。」

『九點半左右，』他又說：『不過不一定能找到我。』

「很多人嗎？」

『二十幾個。』

「那不多，肯定能找到。」

他放下手裡的東西，涼涼道：『徐雲妮，跟妳說過吧，話別急著說太滿，萬一到時候下不了臺呢。』

那邊有導播招呼人，他們沒說幾句就掛斷了。

徐雲妮回到客廳，電視目前還被占用著，她用手機臨時下載了那個網路平臺，註冊帳號，找到直播間。

居然是個規模不小的晚會，現場觀眾很多，風格面向年輕人。

她拿著手機看了一下，李恩穎在廚房喊她：「妮妮！涼菜拌好了嗎？」

「沒！我馬上來！」徐雲妮用手機設了鬧鐘，然後過去接著拌菜。

張阿姨回家過年了，年夜飯是李恩穎和趙博滿做的，主要是趙博滿，從早做到晚，很有情調，菜量都不大，但品類眾多，李恩穎只炒了個蠶豆，徐雲妮則做了個拌菜，兩人重在參與。

趙博滿準備了一瓶酒，吃飯的時候，李恩穎讓他倒半杯給徐雲妮。

「啊？妮妮可以喝酒嗎？」

「過節嘛，喝半杯沒事的。」

趙博滿就倒了半杯給她。

趙博滿進行一番新年致辭，表達了對過去一年的滿意，以及對未來生活的無限期待。

徐雲妮喝了酒，有點暈暈的。

他們一邊吃一邊聊，中間趙明櫟打來電話，他們一起視訊了半小時。

徐雲妮頻頻看時間。

趙博滿注意到了，問：「有事嗎？」

徐雲妮說：「我想看電視。」

這純樸的願望讓趙博滿聽樂了：「行啊，妳去看唄。」

於是，還沒到九點，徐雲妮就坐在電視機前了，她把手機投影到大電視上，畫質拉滿，力求不錯過任何細節。

螢幕上飄著好多留言，徐雲妮正在嘗試關閉，下一個節目出來了。

是一首歌曲獨唱，演唱者叫林妍，歌曲名字叫〈FACE〉。

前奏是一段絲滑的電子合成音，高速而密集地進入旋律。

螢幕飄過一則留言——

『恭喜我姐終於找到自己的風格了，千萬別再唱苦情曲了！』

徐雲妮聽了一下，這首歌沒有講愛情，也沒有講理想，而是講了一群衛道人士教育一位美女不要太重外表，要注重內在，卻一個接一個湊上去表白的詼諧諷刺故事。歌曲以美女的視角展開，整體節奏偏快，音調較高，清新明亮的旋律中，又有點頹廢的靡靡之意。

徐雲妮不太懂音樂，但覺得這首歌非常好聽，很適合演唱者的風格。她用手機搜了一下歌曲，詞曲兩欄創作者都是演唱者本人，後面還跟著另一個人，名字叫「YAXIAN」。

又等了一下，終於到了九點半。

還是一個歌曲節目，由一個男團進行表演，一共六個人。

這個曲子聽起來就很普通了，普普通通的青春校園風，但關鍵是這幾個濃妝豔抹的男團成員怎麼也有二十五六歲了，搞校園風多少有點違和。但他們明顯很紅，出場的時候，留言密集度突然增加了。

徐雲妮關掉留言。

這六個人的男團裡並沒有時訣，起初徐雲妮還有些奇怪，以為他的節目推遲了，但歌曲過了前奏，開始演唱的時候，忽然又上來一批人。

徐雲妮一愣，輕輕「啊」了一聲。

怪不得他說那種話……上來的這夥人都穿著大大的卡通熊布偶裝，配合著男團成員，有一些互動，一起跳著歡樂的舞蹈。

一首歌曲很快結束了。

電視螢幕切到主持人串場，舞臺上開始做下一個節目的準備。

現場工作人員安排人去後臺換服裝，一個經紀人模樣的人叫住他們，說：「哎，稍等稍等，兩分鐘。」她把男團節目組的人叫到一旁，身邊有個舉著雲臺的人，似乎在幫他們拍vlog。

經紀人雙手合十：「辛苦大家了，我們一起拍個合影就去換衣服。」

二十多人湊在一起，幾個男團成員在前排，伴舞在後排。

一位男團成員在整理頭髮，無意間看見身後站著的時訣。時訣熱得滿臉都是汗，正抬手擦，額頭的黑髮被撥開幾抹，露出清晰的面龐。男團成員稍微一頓，然後回頭示意經紀人。經紀人一看就懂了，招呼時訣：「哎，那位、那位……」

時訣在吹冷氣，他特地站在這，因為上方正對著出風口，他正在擦汗，那邊經紀人過來碰碰他：「那個，你個子比較高，稍微站旁邊一點，我們照顧一下隊形。」

時訣沒說話，往旁邊走，一路被經紀人拉到最旁邊的位置。

經紀人回前面幫他們照相。

拍完了讓男團成員檢查看，有人不太滿意，還要再照。

連續照了三四分鐘，時訣脖頸的汗都淌到腰了，總算拍完了。

時訣先到後臺交服裝，再換上自己的衣服。

演播廳太熱了，他又穿著厚厚的布偶裝跳舞，渾身又濕又黏，難受透了。

過一下，另外幾個伴舞也回來了，領隊過來跟時訣說了點話。

這些人是主辦單位的自有舞團，他們有幾名成員在演出前夕吃壞肚子腸胃炎住院了，人手抽調不過來，領隊就臨時聯絡了崔浩。SD本來就在外跑演出，過年期間活動多，賺錢的好機會，他們趕場一樣一地接著一地跑。時訣前兩天在另外一個城市幫人排節目，因為離這近，他們出價又高，崔浩就讓他優先這邊了。

結完了錢，時訣交了工作證，直接離開了。

後臺通道處，演出結束的明星也走這邊，有些有門路的粉絲不去看演出，早早堵在這裡。

男團成員們在盲區處補好妝，排著隊一個個出門，門外爆發一陣歡呼，長槍短炮支起，搶位拍下班圖。

時訣戴上口罩和帽子，在暗處等著，等他們走完再出去。

另一邊，林妍也要離開了，經紀人幫她拿著東西，後面跟了兩個助理。

她從他面前經過，並沒有注意到這邊。

上一次跟林妍聯絡還是賣歌的時候，只能說，喝酒是喝酒，工作是工作，一旦扯到利益的時候，瞬間就開始挑三揀四，寸步不讓。林妍經紀人跟他說，他的歌還不夠貼近目前的潮流風向，尚有些幼稚，不過他年紀太小，還是新人，情有可原，不成熟的地方需要林妍進一步調整。

時訣看著經紀人那張虛胖的臉，很想說，她想署名就直接署吧，能不能別動他的曲子。

但最後說出口的，還是我經驗不足，辛苦林老師再自己改一改。

林妍的粉絲明顯沒有剛剛的男團多，但也有人專門為她而來，拿著筆和紙給她簽名。

林妍簽了兩張，粉絲激動地說：「姐姐辛苦了！姐姐妳的新歌超好聽！特別適合妳！以後多寫這個風格的歌吧！」

林妍笑著說：「謝謝妳。」

時訣的汗散得差不多了，看門口沒再堵著，壓低帽檐，拉緊外套拉鍊，貼著通道邊離去。

# 第十三章　唱歌

時訣走在夜晚的街道上。

除夕夜，離開演出地，越走越冷清。

他來到一個路口，之前叫了一輛車，車子還沒到，他靠在路邊的欄杆上等待。

他點了根菸抽，然後稍微有點冷似的，把手揣進口袋裡。

抽著菸，視線落在地面，他不知道想到什麼，嘴角忽然爆出一聲輕嗤，伴隨著視線翻到一旁，似乎含有幾分輕蔑之意。

有鞭炮的聲音，從很遠的地方傳來，在寒冬中顯得十分空曠。

這時，手機震了一下，時訣拿出來一看，是徐雲妮的訊息。她傳來一張圖片，是剛剛直播時的舞臺截圖，其中一隻布偶熊被她從人群中圈了出來。

她又傳來：『是這隻嗎？』

時訣回覆：『怎麼認出來的？』

徐雲妮：『我觀此熊身材比例出類拔萃，明顯更帥一點。』

淡淡的熱氣從時訣口中呼出，消散在寒冷的夜間。

其實猜錯了。

他還沒回覆，徐雲妮下一則訊息就進來了。

她問：『班長，剛才晚會上有一首叫〈FACE〉的歌，跟你有關係嗎？』

看到這行字的時候，時訣指尖稍稍動了一下。他一直看著，直到煙迷了眼，才把另一隻手從口袋裡抽出來，一起打字。連打了幾句話，最後都刪掉了。

徐雲妮坐在桌子旁傳訊息。

手機震動，時訣的語音打了進來。

徐雲妮接通電話。

「喂？班長。」

『為什麼那麼說？』他直接問道。

「什麼？」他的聲音聽起來蠻低沉的，又問得沒頭沒尾，「什麼『那麼說』？」

『妳為什麼覺得那首歌跟我有關？』

「我看創作者的名字裡，有一個叫『YAXIAN』的。」

『……所以呢？』

「你動態裡那些音樂片段的名字裡也出現過這個詞，『YAXIAN』是什麼意思？是音樂方面的專有名詞嗎？」

靜了一下，時訣說：『不是，是我爸的名字。』

「啊，」徐雲妮合理分析，「歌是你爸寫的。」

『哈哈。』時訣笑了出來，淡淡道：『我爸都死了多少年了，把譜托夢給我的。』

「所以，歌是你寫的？」徐雲妮頓了頓，「你哥說你音樂天賦高，居然是到這種程度嗎？」

時訣安靜抽著菸。

「嗞，你等我調整一下。」徐雲妮說。

『……調整什麼？』

「我要坐直點跟你說話。」

時訣不自覺翻了一眼。

徐雲妮疊起腿，單手理了理桌面上的書本，說：「在學校裡真看不出來，我以為大家最多就是搞搞校園樂隊什麼的，結果你的作品都能在除夕夜上直播了。大家年紀都差不多，班長你這腳步邁得有點不給別人機會了啊。」

這不是時訣第一次碰到徐雲妮在理虧狀態下的溜鬚拍馬，太過行雲流水，完全融進了靈魂裡。

但是，誰不愛聽好話呢？

時訣：『妳差不多得了……』

徐雲妮手按在桌面上，看著落地窗外的夜景，靜靜問道：「還生氣嗎？」

時訣頓了幾秒，不鹹不淡地說：『沒生氣啊。』

「真的？」徐雲妮說：「那我們今後常聯絡。」

嘆為觀止。

時訣：『徐雲妮，妳還真是順竿就上啊。』

「對了，」徐雲妮轉移話題，「我的熊猜對了嗎？」

『沒有。』

「真的沒有？」

『沒有。』

「班長，還是實事求是吧。」

時訣放下菸：『徐雲妮，妳那詭異的自信到底從哪來的？布偶裝都是統一大小的，這妳能看出身材來？』

徐雲妮啞然片刻，說：「真不是啊？」

時訣歪過頭，吸了口氣——

「那就是主辦方亂搞，」徐雲妮撚起一根黏在褲腿上的髮絲，「我說實話，我直接挑了中間的熊，你要是沒站中間，那就是他們這節目亂排了。」

結果時訣這口氣就停那了，上不去下不來，最後脖子都有點僵了，才吐出去。

一身力氣都快卸沒了。

叫的車子終於到了，徐雲妮聽見開關車門的聲音。

「班長，你坐上車了？」

『嗯，回飯店，明早的飛機去找我哥他們會合。』

「真是日理萬機。」

『趕不上妳。』

徐雲妮忽略這話裡有話的諷刺，說：「班長，你等等回飯店還有別的事嗎？」

『幹嘛？』

「沒別的事我們聊聊天？」

靜了幾秒鐘，時訣眼睛轉向車窗外，『我要先洗澡。』

這一晚他們打了兩個多小時的電話，中間斷了一次，是李恩穎叫徐雲妮去吃餃子。

他們聊了不少事，零零碎碎的，包括華衡發生的事，還有他藝考的事。

「聽說你藝術統考第三呢。」

『並列的。』

「那也夠厲害的。」

『嗯，』他洗過澡後，連聲音都變得慵懶，『妳說的對。』

她又聽到點菸的聲音，她說：「班長，你少抽點菸吧，有害健康。」

時訣把菸盒和打火機扔到桌上，說：『活那麼久幹嘛，我已經做好五十歲肺癌致死的準備了。』

「班長真豁達。」

他們聊到晚上十一點多，李恩穎叫她出去守歲，她跟他道別。

「班長，新的一年裡希望我們都能更上一層樓。」

時訣沒說話。

徐雲妮說：「有空再聊，你早點休息。」

電話掛斷了。

時訣把手機放一旁。

無話可說。

話都被她說乾淨了。

他靠在床頭，只裹著一件浴袍，看著前面發呆。

不留神，菸灰掉下一截到胸口上，燙得他「嘶」的一聲坐起來，用手撥掉。

時訣熄滅菸，去廁所洗手，抬頭看到鏡子裡的自己，胸前被燙紅了一小塊，在清白的皮膚上十分顯眼。

他用手抹了一下，這清涼的觸感又讓他想起剛剛打電話的人。

她在修繕他們的關係。

徐雲妮的性格其實很鮮明，就像一棵無病害的樹，堅固、理性、包容，並且製氧量極大，有種天然的安全感。

這性格吸引了他。

時訣有想過，把這棵樹移栽到自己身邊，他試了兩次，都沒成功。他能感覺到她對他也有好感，但這好感還不足以動搖根基。

時訣不喜歡糾纏不休，更沒興趣強人所難。

所以在他們切斷聯絡的那一刻，他已經做好了讓這關係慢慢淡掉，甚至直接斷掉的準備。

只是，她太聰明了。

時訣從小到大碰過很多人，跟他說過各式各樣走心的話，其中不乏一些想要在他不太爽的時候，撫慰他心靈的言語。

但他真的是個很難被他人安慰的人。

時訣歪著頭，看著鏡中的自己。

想想今晚發生的事，甚至都有點玄學，那感覺就像他穿了一件縫有一萬個假口袋的牛仔褲，只有第一萬零一個是真的，徐雲妮走過路過，輕而易舉找到了這個口袋，並往裡放了一顆糖。

她安慰了他，在除夕的夜晚。

那他應該有所回報吧，比如——接著陪她玩那「普通朋友」的把戲。

時訣有些無語地想著。

聰明的人總能心想事成。

她重新進入他的世界，就像春風拂柳一樣自然。

過完年了。

徐雲妮覺得，她跟班長的關係有所回暖。

她傳的訊息他開始回覆了，偶爾也會傳一兩則他的近況。

她得知，《舞動青春》年後開始海選了，ＳＤ幾乎完全包下了樂陽傳媒幾個藝人的舞蹈節目，他每天跟ＳＤ的老師一起編曲編舞，另一邊還要吊著那不高不低的普通科分數，搞到頭皮爆炸。

他有時還會傳一點平常的照片給她，在一張與樂陽公司的合影裡，徐雲妮見到兩個熟人，她圈出其中一個，問：『這個不該在吧？』

她圈出的人是阿京。

時訣說他們只負責出節目，參加的藝人都是公司安排，他們管不了。

過了一段時間後，他們的訊息往來差不多又斷掉了。

因為華衡開始補課了，然後緊接著，高三最後一個學期開學了。

這一開學，整個華衡誇張的學習氣氛瞬間拉滿，連廁所裡都彷彿能聞到試卷特有的油墨香。

人都要著魔了。

一次又一次考試，一輪又一輪模擬。

王麗瑩連續兩次模擬考成績都不理想，多少有點擺了的意思，但漫畫看不進去，人很焦慮。喬文濤每天幫她講解題目，講著講著就說：「妳這樣不行，妳要放鬆點。」

又過了兩天，一個晚上，徐雲妮正在跟王麗瑩討論一道函數題，忽然接到時訣的電話，問她明晚能不能出來。

突如其來的。

「明晚？」

『對，吃個飯。』他說：『我明天回這邊，待一天又要走，能出來嗎？』

「我出——」

『出不來自己想辦法，這次不來妳以後也別想見到我了。』

徐雲妮稍稍仰頭：「……我明天就算把華衡大門鏟了，也非得出去不可。」

說完，徐雲妮忽然想到，上一次見他已經去年的事了。他們在頌財公館社區門口分別，之後就沒再見過面。一晃都四個多月了，早就超過了他們相處的時間。

她短暫地感慨了一下，然後問：「為什麼是明天？」

『嗯？』

「哦，沒事。」徐雲妮看看王麗瑩，「我帶同學去行嗎？」

『隨妳，明晚你們學校旁邊那個廣場見。』

「好。」

掛斷電話，王麗瑩在看她：「誰啊？」

「我在華都的同學，明晚過來找我吃飯，妳來嗎？」

「我不去，我哪有心情吃飯啊。」

「喬文濤說的對，妳應該放鬆一下，」徐雲妮對她說：「妳不是喜歡看帥哥嗎？這就是我之前跟妳說的那個又高又帥的朋友。」

王麗瑩斜眼過來：「真的假的？」

徐雲妮：「包真，不帥妳吃了我。」

王麗瑩勉為其難道：「行吧，那我去看看。」

華衡住校生管理極其嚴格，非住校生吃飯可以去校外，但住校生三餐都要在學生餐廳吃，全天不允許離校。徐雲妮找了個理由，把王麗瑩之前壞掉的眼鏡拿出來，跟舍監老師請假說晚上要陪她去配新眼鏡，不然明天什麼都幹不了。

順利拿到假條。

下午的時候王麗瑩說漏嘴這件事，喬文濤一聽「華都的同學」和「帥哥」兩詞，瞬間鎖定目標，問徐雲妮：「該不會是上次妳們討論的那個人吧？」

「就是他。」

「我能去嗎？」喬文濤湧起了好奇心，「我也想見見。」

「行啊，來唄。」

晚上放學，三個人一起出了校門。

「哇哦，」王麗瑩走在熱鬧的大街上，「還是不住校好啊！要不是我家住太遠我真的不想住校，每天出來放放風多好。」

華衡中學地理位置特別好，在城市主幹道上，旁邊有多家商場組成的商業區，非常熱鬧。徐雲妮出了學校就打了電話給時訣，他很快接通。

「喂？」

『妳出來了？』

「對，你在哪呢？」

『MIHA 商場知道吧，到門口來。』

徐雲妮回頭，看見MIHA商場的招牌，帶著王麗瑩和喬文濤走過去。

「……我到門口了，你在哪呢？」

『妳到樓梯那。』

徐雲妮要往商場裡走，時訣又說：『不是裡面的，外面的。』

MIHA商場下面還有一層，從外面也能進入，樓梯能直接下到樓下商場，門口是一塊開闊平坦的小廣場，這塊地方有些文藝的傳統，經常有人或者樂隊表演，那寬闊的樓梯就是天然的觀眾席。

時訣說：『別走了，往左轉，往下看。』

徐雲妮並沒有走到樓梯那邊，而是在玻璃圍欄處就被他叫住了。她轉過頭，正好能從側面看到下方的平臺。

那裡照常有人準備演出，有音響、麥克風，還有一些樂器。

她一眼就看到了他。

開春了，但天氣仍然很涼，他穿著一件黑色的半高領貼身毛衣，收在黑色的束腳工裝褲裡，腳上是一雙黑色的高筒靴，一身黑讓修長的身型一覽無遺，最後搭了一件淺灰色的硬版牛仔外套。

他拿著手機，仰頭看著這邊，說：『妳先站那吧。』

然後就掛斷了電話。

時訣來到平臺中間，跟演出結束的人說了幾句話，借了他的吉他。

他稍微調了下琴，又把座椅拉高，麥克風位置放好。

試了一串音，尾音空遠悠長。

而後，一句多餘的話也沒有，他正式彈起樂曲。

在前奏出現的瞬間，徐雲妮的心猛地一顫。

周圍閒散逛街的人慢慢聚集起來，有人趴在欄杆上，看著下方唱歌的人。原本坐在樓梯上的觀眾，剛才有人在玩手機，有人在閒聊，但此時，他們不約而同把目光轉向前方。

是因為帥氣的外型，因為流暢的琴音，還是悠揚的歌聲？

這首歌讓徐雲妮想起遙遠的記憶。

國中時，徐雲妮有過一段很叛逆的生涯。她究其原因，可能是因為那時她剛開始用手機，之前都被徐志坤限制，後來李恩穎為了方便聯絡她，買了一支給她。

一開始接觸手機，像打開了花花世界一樣，徐雲妮抱著點新鮮感，跟同學們學了些亂七八糟的，什麼簽名啊、換裝啊、空間啊，一天八百個主意。後來徐志坤唸她，說她的精神世界快被網路垃圾腐蝕了，然後在假期裡，帶她看各種嚴肅題材的東西。

有一天他帶她看了一部國外二戰老電影，七十年代的作品，看得徐雲妮好生無聊，結束後徐志坤問她感想，徐雲妮不敢說實話，就胡編了幾句，說自己非常喜歡。

徐志坤難得有興致，還搞了近年的翻拍版給她看，徐雲妮心中崩潰，硬撐著又看了一遍，這個至少比七十年代的版本好一點，但她還是看得昏昏欲睡，唯一留下好印象的，是這部電影的主題曲，她覺得很好聽。

影視會結束後，徐雲妮為表誠意，特地把電影海報截圖做聊天軟體頭貼。

徐志坤見了，非常高興，真以為她很喜歡。其實，徐雲妮多少有點哄著他玩的意思。她準備過段日子就改了，結果就是那段時間，徐志坤查出了腦瘤，全家的節奏都亂了，徐雲妮把這事忘到腦後。

等到半年之後，她送走了徐志坤，偶然一次，打開自己的手機，看到頭貼，一瞬間心肺都要燒爛了。在那之後，她一直沒再動過那個頭貼。

之前在華都的時候，徐雲妮就發現，時訣很有語言天賦，這首歌他唱的是俄文原版，語言發音聽起來與原唱別無二致。

但他的演繹方式與原唱有些不同，少了幾分柔和與細膩，他對曲子做了一點改編，配合他選擇的空曠而高亢的演唱方式，將聲音和情感傳得很遠很遠。

這是徐雲妮第一次聽時訣唱歌，她的腦海中牢牢刻印了他的聲音，和這種像是冷漠地呼喚一樣的唱歌方法。

徐雲妮深吸氣，看向斜上方的天空。

人間的燈光無法打破天上的雲層，但或許歌聲可以，一首安魂的曲子，同時穿透了長夜和人心。

周圍的人越來越多，大家應該都感覺到了跟平日演出的明顯差別，不少人拿出手機拍照錄影。

他非常適應這種圍觀，他不會露怯，也不會過於興奮，全部注意力都集中在這首歌上。

他一曲唱完，圍觀的人群爆發了熱烈的掌聲和歡呼。

時訣下了椅子，沒對熱情的觀眾做什麼表示，把琴還給樂隊的人，似乎往這邊看了一眼，然後順著樓梯上樓。

王麗瑩在旁邊找來找去。

喬文濤問：「幹什麼呢？」

王麗瑩嘀咕著：「……沒有攝影機嗎？這應該是在拍節目吧？」

徐雲妮說：「不是。」

她聲音小了點，王麗瑩沒聽清楚，抱著手臂看著那個正在上樓梯的人，跟喬文濤評論：「這絕對是專業的，絕對！這臺風不是蓋的，欸？有沒有可能是外國人？」

沒有可能。

「他……」王麗瑩說一半，忽然停住了，「……欸，我靠？等等，他怎麼往這邊來了？」

徐雲妮看著時訣走過來。

兩手插口袋，晃晃悠悠。

永恆的出場畫面。

只因外表過於出眾，讓這原本沒太正行的樣子，反而成了一種風格，頻頻引人注目。

眼看要到面前了，王麗瑩往後躲，徐雲妮說：「他就是我朋友。」

喬文濤震驚：「啊？」

「……什麼？」王麗瑩馬上說：「那算了！算了算了！我不吃了，你們吃吧。」她說著就要走。

喬文濤拉住她：「怎麼了？」

王麗瑩死命拒絕：「不行不行！我有三次元潮人恐懼症，我跟這種人待同個空間會起疹子的！」

「什麼、什麼症？」喬文濤還沒問完，時訣已經走過來了。

徐雲妮開口：「班長。」

「嗯。」

一聲「嗯」，卻不是來自時訣。

三道視線。

徐雲妮看向喬文濤，時訣也看向喬文濤，喬文濤一臉茫然，先看看徐雲妮，再看看時訣，再看看徐雲妮，再看看時訣。

「啊？不是……」喬文濤說：「不是叫我嗎？」

徐雲妮說：「不是叫你。」說完，她又補充了一句，「我從來沒有叫過你『班長』

吧？」她先跟王麗瑩和喬文濤介紹時訣，「這是我朋友，也是我之前學校的班長，叫時訣。」又向時訣介紹了他們二位，「這是我在華衡的隔壁桌和室友。」

剛才還患有「三次元潮人恐懼症」的王麗瑩，一改剛才緊張瑟縮的樣子，突然翻轉，淡定地站出來，對時訣說：「你好，我叫王麗瑩，是徐雲妮的室友，坐在她後面。」

時訣點點頭。

王麗瑩自然而然地誇獎時訣：「你是專業歌手嗎？你唱歌太強了！」

時訣笑了笑，說：「妳可以把我當專業的。」

這笑容，配上這聲音，王麗瑩有點暈眩。

喬文濤試圖加入社交，說：「那個……我們先去吃飯吧？吃什麼呢？」

徐雲妮指著旁邊的商場：「就這吧，找一家。」

他們一起往商場走。

很神奇的，在邁開腳步的瞬間，喬文濤就和王麗瑩走到一塊去了，而她和時訣也順理成章走到一起。

徐雲妮感受著身旁人的氣息，他的腳步聲，和淡淡的香水味……

她已經多久沒有跟他走在一起過了？

恍惚間，喬文濤把眾人帶到一家速食店。

「這家吧，這家我有打折券。」

王麗瑩在他看不見的地方猛翻白眼。

最終，為了打折券，他們還是一起進去了。

飯菜是很普通的湯飯，按套餐點，喬文濤的券能打八折。

他們找到一個沙發座位，同樣還是喬文濤與王麗瑩坐在一邊，徐雲妮和時訣在一邊。本來時訣走在前面，要坐進去的時候，他等了一下，讓她坐在裡面。

時班長以前吃飯總喜歡坐在外側的位子，主要是因為坐姿問題，他極少好好坐著，總是搭著二郎腿，有時在不那麼講究的地方，他甚至喜歡一腳踩在椅子上坐著。

點完了餐，他們坐在那閒聊。

喬文濤是話題發起者，他直接問了自己最關心的問題——

「你認識孫光雅嗎？」

時訣：「不認識。」

喬文濤呆了：「啊？你不認識？你怎麼會不認識呢？」

時訣：「誰啊？」

徐雲妮跟他說：「在你們那學舞的。」

「我們那？」時訣還是沒想起來，「沒有叫這個的吧。」

徐雲妮跟他形容了一下這三個學妹的性格和長相，還有她們透露過的在ＳＤ上課的內容。

時訣總算想起來了：「哦，你說泡泡啊。」

喬文濤：「……泡、泡泡？」

「嗯，泡泡、毛毛、花花，」時訣說：「她們三個在那叫這個。」

喬文濤震驚：「這什麼詭異的藝名？」

「飛天小女警啊。」時訣看看他，「這都不知道啊？」

喬文濤一梗：「我、我哪知道……」

時訣：「你們認識她們？」

徐雲妮說：「是我們低年級的學妹。」

時訣一頓，頭歪到一側：「她們是華衡的學生？」

喬學霸終於找到了回擊之處，抻脖道：「這都不知道啊？」

「哈，」時訣笑了，說：「這三姐妹跟我說她們是學美容美髮的。」

「哈哈哈哈！」喬文濤和王麗瑩都笑了。

喬文濤問：「她們為什麼這麼說呀？」

王麗瑩說：「可能是喜歡逗貓吧。」

時訣挑挑眉，王麗瑩身體靠前，說：「我看雜誌，國外的模特兒界最近幾年流行起了小短臉，特別有貓貓相，其實你就有點欸。」

喬文濤仔細看著時訣的面相：「可我感覺更像狐狸。」

時訣淡笑道：「還是讓我當個人吧，好吧？」

餐桌氣氛極度良好。

時訣非常擅長社交，加持外貌氣場，只要動三四分的念，就能把場面控制得很好，不近不遠，親疏得當。

他們一起吃了飯，然後又聊了一下，喬文濤說要回去上自習了。

幾個人一起往商場外面走，過了廣場和馬路，徐雲妮停下腳步，對王麗瑩和喬文濤說：「你們先回去，我等一下。」

喬文濤：「行，那妳別太晚啊，要是被老師問了我就說妳在外面上大號，我們口供先串好啊。」

王麗瑩再次猛猛翻白眼。

他們離開了。

徐雲妮轉向時訣。

他瞥她一眼，明知故問地說著：「妳怎麼不去上自習啊？」

徐雲妮看著他，歪歪頭：「班長，來這邊吧，這位置容易被抓。」

她帶他往一旁走，沒有走遠，來到華衡校園外側圍牆處。

時訣懶鬼附身，找了個石欄坐下，掏菸點著，翹起二郎腿，靴子一塵不染，泛著皮革的光澤，他的小腿筆直而修長，夾菸的手腕往膝蓋上一搭，伸出去老遠。

他們互相打量著對方。

時訣率先評價：「華衡的校服真醜。」

徐雲妮自己看看，也「嗯」了一聲。

「叫我來幹什麼啊？」他淡淡問道。

徐雲妮剛要開口，忽然察覺到什麼，問：「你又打耳洞了？」

「嗯？」他撥撥耳朵，「看出來了？」

徐雲妮勸說：「別再往身上打洞了，班長。」

他背後就是街道，微逆著馬路上的光線，形成一道瘦長的剪影。時訣隔著煙霧看著她，稍睨了一眼，輕悠悠，慢悠悠，挑釁似的：「我就打，妳管得著嗎？」

這令人熟悉的、懷念的、風涼的表情與語氣，讓徐雲妮回味了一陣子。

他原本是長這個樣子的嗎？

幾個月沒見，人的輪廓會變得更成熟嗎？或者只是因為天冷，他穿的衣服比之前厚了一些？

校園裡，通往教學大樓的小路上，王麗瑩忽然冒出一句：「我悟了！」

喬文濤：？

「我找到目標了，我還是要努力讀書！」

喬文濤：？

「我之前到底在擺爛什麼？」王麗瑩痛徹心扉，「我將來要是泯然於眾了還哪有機會看精彩世界！」

喬文濤終於開口：「妳的『精彩世界』該不會就是指帥哥吧？」

王麗瑩斜眼過去：「喬文濤，你吃飯的時候一直酸不嘰溜的，你沒發現？」

「沒有。」

「孫光雅看不上你不是因為時訣，你和時訣中間至少隔著二十個人，你先把前面十九個超過去再研究他吧。」

「……哎，妳說徐雲妮跟他什麼關係？」

「徐雲妮鐵定喜歡他啊。」

「真、真的嗎？她說只是同學啊。」

「哪可能。」

你聽同學唱歌會哭嗎？

校外的圍欄旁。

徐雲妮有太多太多的疑問。

他是怎麼找到那首歌的？

他又是怎麼知道今天這個日子的？

他是特地趕來的嗎？

她對時訣說：「班長，你唱歌太好聽了。」

時訣挑挑眉。

徐雲妮問：「你會俄語嗎？」

「不會，」時訣說：「又沒幾句話，多聽幾遍就記住了。」

徐雲妮：「你怎麼想到唱這首的？」

他沒說話。

徐雲妮：「怎麼選今天唱？」

時訣忽然「呵」了一聲，嘴角抻開點，視線隔著煙霧落在她的臉上，眼神輕微地一瞥，好像在說——裝成這樣有意思嗎？

但是，話說出口，又有所克制。

「因為查過唄。」他說。

這個小小的改口，讓徐雲妮的心中產生一種微妙的感覺。

徐雲妮小時候常去外婆家玩，外婆養了一隻小貓，徐雲妮特別喜歡那隻貓，一有空就逗牠，有一天她出門倒垃圾門沒關上，回家後發現貓不見了。她慌得要命，整棟樓挨家挨戶敲門問，有沒有看到她的貓，最後找到了樓頂，一個人頂著高樓的大風，在各個通風口翻找，不放過每個角落。

但還是沒找到，當時她覺得天都要塌了，昏昏沉沉回到家裡，卻發現小貓就在沙發上舔毛呢。

那一瞬間，年僅七歲的徐雲妮完全領悟了一個成語，叫「失而復得」。

當下，這種微妙的感覺，也讓徐雲妮想到了這個詞。

腳下的地磚碎了一角，縫隙裡長出了野草的嫩芽，在風中輕輕搖擺。

時訣遞來一個小袋子。

徐雲妮：「什麼？」

時訣：「生日禮物。」

徐雲妮心裡一動，接過來，袋子超級輕，她打開看，非常出乎預料的東西——居然是之前丁可萌要做給她的小卡。

工藝確實不錯，又閃又亮又厚實。

徐雲妮來回看了看，說：「這怎麼在你那？」

時訣：「丁可萌把妳和王泰林的卡一起打包做完，但那段時間她出了點事，拍校外的人被抓了，然後被記過了。」

徐雲妮：「我聽說了。」

時訣：「她家長把她接回家自學了一段時間，考完試才放回來，她把妳的卡一起給王泰林了，王泰林說郵寄給妳，但不知道妳的班級，正好我要過來，就直接拿來了。」
徐雲妮看著卡片，沒說什麼。
時訣把菸放嘴裡，問：「以為是我送的？」
他迎著馬路，光線照在臉上，把那種自得逗趣的表情照得一清二楚。
徐雲妮說：「沒，你能來我就知足了，本來都沒打算過的。」她頓了頓，又說：「班長，那首歌是我爸生前最喜歡的。」
時訣：「是嗎？」
「所以，」徐雲妮看著卡片，「所以，你能在今天唱這首歌，我真的很……」
她語音稍緩，時訣「哎」了一聲，放下菸，拍拍旁邊的位置。
「別這樣，我來這唱歌不是為了讓妳難受的。」
她走過去，坐在他旁邊。
時間變得緩慢又安靜。
時訣對著馬路打了個哈欠。
徐雲妮問：「你明天又要出門嗎？」
「嗯。」
「你學都不上了？到時候考試能過嗎？」
「能找個地方掛個文憑就行。」

「你們這個節目要忙到什麼時候？」

「現在只是做準備，大概五月開始錄製吧，決賽要七月了。」

「樂陽的人能進決賽嗎？」

「肯定能啊，他們花了不少錢，都有簽約保名額的。」

徐雲妮面朝著馬路。

車水馬龍，川流不息。

她的面前忽然多了一樣東西。

徐雲妮低頭看，時訣兩指夾著一個黑色的折紙，裡面似乎包著什麼。

她轉向他。

時訣逗她說：「剛剛是不是失望了？」

徐雲妮說：「沒，我說的都是真心話。」

時訣把折紙放到她手裡：「別那麼容易知足，男的就喜歡妳這種好唬的女人。」

徐雲妮把折紙打開，裡面包著一條金色的硬幣項鍊。鏈條是複雜的竹節鏈，吊墜則是枚不規則的圓盤，上面嵌了兩枚銀白的石頭，大的一顆磨成雲朵形，另一顆小的嵌在它右上角，像是顆星。項鍊風格很復古，有做舊和拋光的痕跡，很明顯的手工製品。

背面畫了一個小小的生日蛋糕，蛋糕上面刻著兩個歪歪扭扭數字——「18」。

徐雲妮看了好久，轉頭問：「你做的嗎？」

他微揚下巴。

徐雲妮說：「謝謝。」

圍牆正對著馬路，背後則是安靜的樹林，汽車廢氣的味道和植物與泥土的味道，讓這場景變得格外有層次。

徐雲妮摸著那涼絲絲的硬幣，心裡想，這到底算什麼呢？

他到底算什麼呢？

徐雲妮始終認為，每個人都是獨立而複雜的個體，一個人真的很難全方位的瞭解另一個人，唯一能夠確定的，大概只有那個人之於自己的意義。

那時訣對她而言，意義又如何？

徐雲妮想來想去，還是覺得自己可能真的為人還算不錯，攢了些福氣，所以老天才安排她遇到了他。

因為不管從哪個角度看，他都是一件禮物。

至於，這禮物究竟是青春末尾的紀念品，還是成年世界的敲門磚，上天並無明示。

見她許久沒說話，時訣哼笑道：「不用這麼感動，不值幾個錢，只是銅鍍金和鋯石，在商場裡隨便找家ＤＩＹ做的。」

鏈條從指間的縫隙垂落，又冰又癢。

徐雲妮看著他側臉流暢的線條，高高的鼻梁，總是喜歡角度向下拉的嘴角，隨著說話微微移動的喉嚨。她看著他明顯有別於華衡學生的，那留長的頭髮和耳朵上一串耳洞……

一陣風吹來，廢氣與植物的氣息都淡了，而香菸和香水的味道，越來越清晰。

這畫面和氣味，讓徐雲妮的思考跳躍了，她忽然想起了小學車棚裡的那位體育股長。

當年，她評價他的感情，來得隨便又幼稚。

誰又不是呢……

「時訣。」

「嗯？」

「升學考之後我能去找你嗎？」

「找唄。我看看，」時訣眼神上挑，算算日子，「六月可能還有點難，七月肯定是沒事了。」

七月，距離現在還有將近四個月。

他們處在一個朝令夕改，變化極快的年紀裡，光是分開的這四個月，都好像天翻地覆了。

下次見面，又會是怎樣的光景？

萬一，還有變故呢？

「想找我玩趁早約哦，」時訣抽完菸，丟地上用腳踩滅，「哥檔期很滿的。」

他在逗她，卻完全沒見她笑，徐雲妮非常平靜地看著他，好像根本沒聽他的話，而是在思索著什麼事情。

「我不是找你玩。」她說。

時訣頓了幾秒，看著她的眼睛，笑意漸斂，「什麼意思？」

誠然，徐雲妮現在依然覺得，自己還不夠成熟，其實她覺得他也遠遠稱不上成熟，他們都沒有達到當年徐志坤所說的，完全可以承擔感情的狀態。他們之間仍隔著許多障礙，上一次提出的時候沒有解決方式，現在仍然沒有。

但是……

徐志坤也說過，人最重要的是實事求是。

短短四個月的分別，已經讓她對他產生了「失而復得」的感受，再來幾個這樣的「四個月」，他們之間還剩下什麼？沒有誰的好感禁得起這樣消耗，她也不認為自己每次都能那麼幸運，能重新建立起與他的聯絡。

她必須做點什麼。

徐雲妮說：「時訣，升學考結束，我有話跟你說。」

他看著她，歪過頭，片刻後，面露恍然。

他張嘴「啊」了一聲，然後緊接著，又「啊」了一聲……第二聲比第一聲要長一些，也輕一些。

他終於明白了她的意思，手撐在身側，向她靠近。

「妳改主意了。」他緩緩道。

他剛剛抽過菸，氣息裡菸味很重，落在徐雲妮臉上，她卻完全不想躲開。

她問：「晚了嗎？」

不是晚不晚的事，而是徐雲妮的每一次行動，都在他的預料之外，時訣聽了她的話，腦子裡最先冒出的感受，反而是疑問。

「為什麼啊，」時訣問，「妳之前不是說了那麼多問題，現在都不考慮了？」

徐雲妮想了想，說：「可能是你唱歌太好聽了。」

時訣：「什麼？」

徐雲妮：「你說話的時候還能考慮，你唱起歌來，我就什麼都想不了了。」

這話說完，徐雲妮看到近在咫尺的瞳孔，微微放大了。

時訣渾身的毛孔都舒張開了。

她真的很懂，他喜歡什麼，他最喜歡聽的話，她每次都能講出來。

所以，他也什麼都懶得想了。

時訣站起身，看向前方道路，這一次，他停了很久很久，才回頭道：「徐雲妮，考本地的學校可以嗎？」

車子行人，從他身後掠過，慢慢連成一道道柔和的線，猶如春流水。

徐雲妮說：「你讓我考慮一下。」

時訣說：「行，妳好好考慮。」然後又說：「好好考試。」

「班長。」

「嗯？」

「能握握手嗎？」

時訣看著她，走到她面前，伸出手。

徐雲妮握了上去。

溫熱的手掌，結實修長，指頭和掌面布了些硬繭，跟她的手感覺完全不一樣。

徐雲妮抓著這隻手，上下動了動。

時訣說：「跟我會唔呢？」

徐雲妮說：「班長，君子協定，這幾個月裡，你要等著我。」

時訣看了她好長時間，不知想到什麼，最後鼻腔輕出一聲，點著頭：「……行。」

她放開他，他卻沒有收回手，直接抬起，按在她的頭頂。

手很沉，重重地壓著她腦袋，徐雲妮嘗試抬頭，失敗。

再抬，再失敗。

「哎……」

「哈哈。」

他輕輕笑了兩聲。

像指尖掃過面頰。

徐雲妮看著地面，說：「班長，我要回去了，再晚要寫檢討了。」

「寫唄，」他挑起她一縷頭髮，不甚在意，「妳要寫實話啊，就說被男人耽誤了。」

這時，校園牆內突然傳來一道聲音——

「哎！你們幹什麼呢？」

徐雲妮回過頭，一個不認識的老師路過這邊，正好看到這畫面。

她看著徐雲妮的校服，再看看時訣，瞪眼道：「你是幾班的？」

「喲，妳真的要寫檢討了，」時訣收手，兩手插口袋做老實狀，稍彎腰，朝著縫隙裡的老師笑著說：「我們什麼都沒幹，老師，饒她一次吧，我這就走了。」

老師指著徐雲妮：「還不快進來！」

徐雲妮最後看他一眼，一路小跑進了校園。

這位老師在門口處堵她。

好在，這老師還算好說話，沒真的告到班導師那去，只是對徐雲妮進行一番思想教育，就放她走了。

「快點回班級去！都什麼時候了！」

徐雲妮往教學大樓去，走著走著，又回頭。

她望著被樹叢遮掩的校門，有點不真實的感覺。

她真說了那些話嗎？

真做了那些事嗎？

在這麼短短的時間內，腦子一熱就幹了。

真有出息啊，徐雲妮。

片刻，她回過身，深吸一口氣，接著往教學大樓走。

天還是那片天，世界還是那個世界，但是，一切都變得不一樣了。

# 第十四章　驟變

時訣回到SD的時候，崔浩和魏芊雯正在吵架。

時訣視而不見，越過他們去冰箱拿了瓶水，又越過他們往休息區走。

路過一間教室，看見崔瑤正在裡面跳舞。

他拿著水走進去。

崔瑤看見他進來便停下了。

「不用管我，妳接著練。」時訣拿著水到一旁，貼著後排牆壁坐在地上，擰開水喝。

崔瑤又跳了一遍，回頭看他，說：「時訣，我能跳Delia的舞嗎？」

時訣沒說話，他水喝得急，堵在胸口了，指尖按著，打了長長的一個嗝。

「呃——」

崔瑤：「……」

時訣打完嗝，抹抹嘴唇，放下水，「怎麼了？不喜歡妳哥編的？」

「不是，」崔瑤小聲說：「但我更喜歡Delia的……」

Delia是跳Jazz的，舞種本身很有韻味，而她個人風格更是誘惑力十足。因為這個崔浩跟她爭了好幾次，強調這是面向大眾的青春節目，所有過於性感的動作必須全部拿掉。Delia就說節目年齡卡死二十以下，參加節目的不少人都成年了憑什麼這不能跳那不能跳，節目也需要層次感。

但無奈崔浩是老大，都要按他的要求來，即使是這樣，改過之後的Delia的作品還是比其他人的更加性感嫵媚。

崔浩替自己妹妹編排的舞蹈非常用心，所有技術動作都在崔瑤能力之內，偶爾會有一點點挑戰。整個舞蹈完整展示了她的力量、柔韌，以及協調性這些基本功底，舞步流暢，節奏緊密。

其實崔浩的舞蹈功底是明顯強於Delia的，但不管是崔瑤，還是欒陽的人，都更喜歡Delia的作品，因為更適合推廣到市場。

時訣：「妳要是真的想跳就找妳哥談談唄。」

崔瑤：「他不同意……」

時訣笑道：「那妳跟我說也沒用啊。」

崔瑤低著頭，安靜了一下，小聲問：「你覺得我跳哪個好一點？」

時訣拿著手機玩，一邊說：「都行啊。」

崔瑤不喜歡他這模稜兩可的回答。

時訣正滑著手機，感覺到什麼，一抬眼，崔瑤已經站到面前了，低著頭，哀怨地看著他。

「不是你推薦讓我去參加節目的嗎？」

「啊？」

「你怎麼都不管我呢，哪個風格適合我你總能提議一下吧。」

時訣把手機放一旁，「妳真要我選，那我肯定選妳哥那個。」

崔瑤嘟囔著：「我就知道你跟他是一夥的……」

時訣說：「跟那沒關係，這節目是專業評審打分晉級的，都是圈裡人，你哥的編舞技術動作更豐富，有硬性分在。風格這東西太虛了，妳萬一碰到不喜歡看十四歲小孩送胯扭腰的評審不是白忙了？」

崔瑤恍然，「啊」了一聲。

時訣接著說：「等妳將來參加有大眾評審打分的節目，再做強風格的東西吧。」

說完，就低下頭接著玩手機了。

其實崔瑤還是有點不滿意，他只從晉級的角度講，直到最後也沒說他自己的想法。這次他只負責男生的舞蹈，沒有跟她一起練習。

崔瑤問：「那以後我要是參加更大的節目，你會幫我設計作品嗎？」

「會啊。」他說著。

於是崔瑤又高興了，到他身邊蹲下。

他專注地看著手機。

崔瑤蹲了一下，然後抬頭看前方的鏡子。鏡子裡，時訣懶散地窩在那，一腳收著，一腳搭在上面。跟他那麼大隻的體格對比起來，她體型超級小，毛茸茸的長髮披散在身體兩側，從遠處看就像個蘑菇一樣。

崔瑤看得好玩，自己笑了起來。

她笑出了聲，但時訣還在玩手機。

崔瑤輕輕問他說：「……你覺得我跳得行嗎？」

「行啊，」時訣說：「不過訓練要適量，別太猛傷到了。」

「嗯。」

「對了，」時訣想到什麼，看過來，「妳參加節目也別忘了練聲樂啊，還有，時刻記住，保護嗓子。」

崔瑤乖乖地說：「我知道了。」

時訣接著滑手機。

崔瑤瞄了他的螢幕一眼。

時訣正在瀏覽購物網站，先是看了一把吉他，沒多久又退出去，點開了一家品牌珠寶店看首飾。

女款的首飾。

崔瑤微微一愣間，Delia 進來了。

她下了班剛過來，還背著包，一步三回頭進了教室，「那兩人又在吵什麼呢……」

崔瑤說：「還是我哥女朋友的事。」

Delia：「沒完沒了，回來這麼幾天功夫也吵。」她嘆了口氣，感慨道：「當年這兩人純純的鐵哥們啊，誰能想到鬧成這樣，人生的變化太快了！」

崔瑤小聲說：「其實我也覺得我哥女朋友不太好。」

Delia：「喲，妳還懂這個。」

崔瑤不滿：「幹嘛小瞧我，上次我哥幫那女生爭取了活動機會，參加完又不怎麼理人了。」

Delia 嗤笑一聲：「哎喲，這怎麼辦哦，我們的崔老師欸！」

剛提到，崔浩就衝進來了，他吵得臉紅脖子粗，直喘粗氣。

崔浩吵架風格只有嗓門大，不管是說理還是嘲諷，功力遠遠不如魏芊雯，最後總被氣成這樣。

「時訣！」他叫了一聲。

時訣從手機上斜過眼，崔浩：「跟我來一趟！」

時訣慢悠悠爬起來，拍拍衣服，跟著他出門。

崔浩直接去了附近的酒吧。

上來就是一杯子彈酒，一看就是要今晚不省人事。

時訣在旁邊吃著水果玩手機。

沒多久，崔浩已經喝得暈頭轉向的，開始自言自語，時訣一耳進一耳出，沒聽清他說了什麼。

崔浩去廁所的時候，有兩個女生過來跟他要聯絡方式。人家問：「帥哥，自己來的嗎？」

時訣回答：「跟男朋友來的。」

女生就捂住嘴走了。

崔浩回來，接著喝。

時間越來越晚，昏暗的酒吧燈影照出絢爛又頹靡的色調。時訣打個哈欠，問崔浩：「還沒喝夠啊？」

崔浩不說話，接著喝。

時訣無奈，接著玩手機，他玩到眼睛都酸了，向旁一瞥，見崔浩正往野格利口酒裡混機能飲料呢。

「哎，」他終於放下手機，「到底怎麼了？叫我來一句話不說是吧？沒有這麼喝的啊。」

崔浩一口氣灌了半杯，赤紅著臉，終於開口，「雯子說，她要回老家……」

「啊？」時訣起身，撿了一把果乾盤裡的瓜子嗑，「她不想幹了？你們因為這個吵的？」

「她真的……」崔浩用力抓了抓後腦，「太意氣用事了！她要是真的有更好的去處就算了，她老家那麼偏僻的地方，她回去能幹嘛？這邊什麼都不要了？這麼多年白打拚了？」

時訣哼笑：「傷心了唄。」

崔浩眉頭緊鎖，說話都有點大舌頭了，「我就不明白，到底能不能一碼歸一碼？沒錯，當初是我讓她辭職跟我創業的，但這麼多年我差過她一分錢嗎？我有做過一點對不起她的事嗎？」

「那就在商言商唄，跟她說清楚。」

「她不願意啊！」

「那你想怎麼辦？讓她走？哥，別的都放放，你可別影響到生意啊。」

「……我跟你說了這麼多，你滿腦子只有生意？」

時訣嗑著瓜子，說：「我是替你的感情著想，你的舞社要是經營不下去了，你那模特兒差不多也要沒了，先把自己的事幹好行不行？」

崔浩聽得血氣上湧，腦袋瓜嗡嗡響，腦門都紅了。

但又無法反駁。

總覺得有點道理。

崔浩咬著牙：「臭小子……以為自己挺懂是不是？」

時訣笑著：「反正肯定比你強。」
崔浩：「我怎麼沒看出來呢？」
時訣往後靠回沙發裡，「沒看出來就仔細看啊。」
時訣翹著二郎腿，兩手墊在腦後，腳踝還在那晃了幾下，展現一臉輕鬆愉悅。
崔浩終於看明白一件事——
「……你心情不錯啊。」
「是。」時訣坦然承認，朝他揚揚頭，「羨慕嗎？」
「我羨慕個屁！」崔浩打量他，「你是不偷中彩券了沒告訴我？多少錢的？」
「哈哈，你提醒我了，等等我就去買一張，說不定真能中，」他歪著頭，笑道：「我最近超順呢。」
這世上最欠打的事，莫不是在鬱悶的人身邊炫耀得意。
崔浩眼瞼直抽。
「到底什麼事？」
「不告訴你。」
「你跟我來這套是吧！」
時訣挑眉。
崔浩指著他：「你不告訴我，那我告訴你，通常說自己最近很順的人，馬上就要不順了。」

「嫉妒的嘴臉真難看啊。」時訣全不在意，最後囑咐崔浩，「你少喝點，明天還要出門呢。你自己把菸帶夠，彩排這幾天我的菸被你偷了多少包了？」

「靠，提起彩排我就煩，」崔浩說：「那麼簡單的walkout，走得跟他媽散架的螳螂一樣，我能不抽嗎！」

「還有，把飯店提前續好，等節目開始錄了肯定有粉絲來蹲人的，那附近一共就兩三家飯店，到時候價格肯定翻倍。」

「已經續好了，還用你說……」

又說了幾句，崔浩就接著借酒澆愁了。

時訣則繼續滑手機玩。

這次喝酒，跟他們之前無數次喝酒閒聊的節奏一模一樣，兄弟倆相互抱怨幾句，互相損一損。

酒只是隨便喝喝，話也只是隨便說說……

崔浩自認沒有言出法隨的本領。

但是事後想起，他還是有些後悔。

當時要是不說那句話就好了，萬一就碰不上那倒楣事了呢。

今年，是酷夏。

溫度升得極快，五月已經很熱了，進入六月，都有點喘不過氣了。

升學考前夕，每個有考生的家庭都如臨大敵。

比起緊張兮兮的李恩穎和趙博滿，徐雲妮倒是沒什麼感覺，反而有些期待，盼望能早一點進入考場，為自己十二年寒……雖然她的家庭確實不太稱得上是「寒窗」，但也算為自己十幾年學習生涯做檢驗。

她早早準備好考試物品，提前一天，全家去看了考場，確定好時間路線，確保萬無一失。

前一天晚上，李恩穎甚至把徐志坤的照片翻了出來，自己在屋裡默默祈禱了一陣子。

徐雲妮覺得，有點過於誇張了。

最後還是她提醒李恩穎，早點休息。

徐雲妮最後檢查一遍考試用品，準備睡覺前，她看了書桌的抽屜一眼。

手機就放在裡面，已經放了好久了，電應該早就掉光了。

徐雲妮分出一點點時間，在腦子裡想像了一下兩天後它開機的瞬間，她應該是什麼心情，想著想著，她輕輕笑了一下，然後躺到床上睡覺。

整個考試過程，異常順利。

順得有點玄幻了，跟徐雲妮在腦海中預演過的幾乎沒有差異，甚至感覺有好幾個題目跟她夢到的差不多。

她覺得冥冥之中好像有什麼在保佑似的。

唯一美中不足的，就是考試兩天一直在下雨，這跟她設想的有點不太一樣。

在她的設想中，這整個夏天應是完美無瑕的好天氣，尤其是升學考這兩天。

在結束當日，天應該是湛藍的，花應該是鮮紅的，家長們都鬆了口氣，所有學生臉上都洋溢著自由而灑脫的笑容，大家從考場出來，會擁抱在一起，彼此祝賀，互道一句——辛苦了。

徐雲妮發現自己與時訣失聯，是在升學考過去的第三天。

在她生日那晚結束後，他們還有偶爾聯絡，一直到四月底，華衡開始進行最後一個月的收官衝刺，徐雲妮與時訣說明情況，時訣讓她好好準備考試，考完再聯絡。

然後，徐雲妮的手機就直接關機到了升學考結束。

考試結束當日，李恩穎和趙博滿一起來接她，然後全家去吃了飯，慶祝考試結束。他們沒問她考得怎麼樣，只說考完了就該放鬆，已經確定的事情，就不要再去費神了。

徐雲妮這一頓飯吃得很急，甚至有點食不知味。

等吃完飯回家後，她直奔臥室，把鎖在抽屜裡的手機拿了出來。

電都掉光了，徐雲妮插上電源線，等待足夠的電力開機。

她看著手機，心裡想，開機之後，大概會有很多訊息進來。

她想得沒錯，的確有好多訊息，有朋友問她考得如何，還有人約假期出去玩的。

但這裡面並沒有時訣的訊息。

她打開他的動態，最後一則是五月份發的，內容依然是《舞動青春》的宣傳，說節目馬上要開始正式錄製了。

後面就再沒訊息了。

徐雲妮傳訊息問他：『班長，辛苦了，考得怎麼樣啊？』

她沒有收到回覆。

兩個多小時後，徐雲妮打了個電話給他，手機居然是關機的。

之前時訣告訴過她，節目從五月份開始錄製，一直到七月份。以徐雲妮對他的瞭解，大概是六月回來考個試，然後馬上又要走。所以一開始徐雲妮覺得，他有可能是在去外地的飛機上。

晚上，她又打了電話，他還是關機。

第二天，依然如此。

聽著手機裡機械式的女聲，徐雲妮冒出一個想法……他是不是後悔了？他是不是不想跟她有進一步的發展了？

可時訣不是那種不清不楚的人，徐雲妮覺得，即使他真的反悔了，也不會選擇這樣的方式跟她斷絕關係。

第三天，又過了大半天，還是聯絡不上。

徐雲妮放棄了與朋友約飯，直接去了常在麵館。

照常開業，下午時段沒什麼客人，吳月祁在後廚整理東西。

「阿姨。」徐雲妮與她打了招呼，然後問：「時訣在嗎？」

吳月祁：「不在。」

「他去哪了？」

「妳別問我，」吳月祁說：「我不知道。」

她的語氣非常冷淡，明顯是生了氣。

徐雲妮又問：「阿姨，時訣考完試就離開了嗎？」

吳月祁哼笑一聲：「考試？考什麼試？」

什麼？

徐雲妮愣住：「升學考啊，阿姨……他沒考試嗎？那他去幹嘛了？」

吳月祁把洗好的菜放到籃子裡瀝水，諷刺道：「準備去當大明星了。」

什麼？

每個字都能聽懂，組在一起卻串不起來。

徐雲妮啞然片刻，彎下腰，身體都要從送餐口探進後廚了，問吳月祁：「阿姨，發生什麼事了，妳能跟我細說一下嗎？」

吳月祁沒理她。

徐雲妮又叫了她幾次，也許是對她印象還不錯，吳月祁終於有了反應，把菜籃放到一旁，雙手扶著水槽，深深呼吸。

在吳月祁的講述裡，時訣一開始是打算考試的，但到五月中旬，他突然改了主意，說有一家他很喜歡的公司看上他了，六月份馬上要有一個大型活動，機不可失。

「我不懂他們那行，什麼機會不機會，就差這兩天？我知道他對念書一點興趣也沒有，但都到這天了，考個試，將來不管幹什麼，好歹有個學歷。」說到這，吳月祁又開始幹活，嘴裡念叨，「從他開始去錄節目我就知道，心都長草了！」

徐雲妮聽著吳月祁的話，沒有說話。

時訣不是完全沒可能做出這種事，但是可能性不大。在徐雲妮的印象裡，時訣表面看起來玩心重，但其實很有規劃，他既然說了要找個大學掛文憑，就不太容易中途變卦。

大概是有什麼突發事件，讓他趕不回來考試。

是自己的事，還是別人的事？

「……阿姨，在那之後妳有聯絡他嗎？」

「沒有，聯絡不上，」吳月祁擦著桌子，沒好氣地說：「我罵完他他就關機了，說秋天回來，隨便他吧，我管不起他。」

徐雲妮試著勸她：「那個，阿姨妳別太生氣了，注意身體，時訣這麼做肯定有他的理由，等事情結束，他一定會跟妳解釋的。」

徐雲妮安撫完吳月祁，離開常在麵館，直接搭車去了ＳＤ舞社。

路上，她在網路上搜尋關於《舞動青春》節目的消息。

節目已經開始正式錄製了，但還沒有播出，官方公布的內容大多以宣傳為主，還有一些參演人員的日常片段。

她滑了好幾則，在五月中旬的一則社群留言裡，看到這樣一個留言——

『草臺班子！能不能把安全做好啊！不要再有事了！還想不想播出了！安全第一安全第一！』

官方社群留言裡，大部分被控評了，參加這個節目的一部分是素人，還有一部分是已經積累了一點粉絲的小明星。徐雲妮點進這則留言人的帳號裡，她的偶像也參加了這個節目，她在社群很活躍，還是這個小明星群組的管理員。徐雲妮申請加入這個群組，很快就通過了，這裡比官方那邊熱鬧不少，不少人在聊天。

徐雲妮看了一下，打了一串字：『我聽說之前錄製現場有事故，有誰知道有沒有事？』

過了一下，下面有個人回覆她：『安心啦！只是後臺的事啦，我們寶子今天還在錄影呢！』

然後又熱鬧地討論起來。

徐雲妮轉頭看向車窗外，不知是不是車子冷氣開得太低，感覺周身冰涼涼的。

徐雲妮來到SD，也是照常營業，進了店，前檯換了人，是一個沒見過的女生。

她見了徐雲妮，打招呼道：「妳好啊美女，有想瞭解的嗎？」

徐雲妮說：「妳好，崔老闆在嗎？」

「啊？」女生說：「他不在，妳有什麼事啊？」

「我想找人。」

「誰啊？」

「時訣。」

「我不太清楚欸，」女生不好意思地笑笑，「我剛來不久，還不怎麼熟，崔老師這兩天都不在。」

徐雲妮拿出手機：「妳能把崔浩聯絡方式給我嗎？」

女生：「……啊，妳是我們這的會員嗎？妳要他聯絡方式幹嘛？」

徐雲妮：「妳放心，崔浩認識我的，我找他有點事。」

徐雲妮從女生這要來了崔浩的電話，出了店。

她站在路邊做了兩次深呼吸，然後拿起手機打電話。

第一次正在忙線，她等了幾分鐘，又打一次。

這次接通了。

『喂？』

「你好，崔老闆，我是徐雲妮，是時訣的同學，你還記得我嗎？」

崔浩那邊好像反應了一下，然後『啊』一聲，『記得。』

徐雲妮直接問道：「時訣情況怎麼樣？」

『……什麼？』

「你們錄的那個節目是不是出狀況了？嚴重嗎？」

崔浩那邊靜了一下，好像在走路，然後徐雲妮聽到開門聲，又聽到關門聲，帶著輕微的回音……這是非常明顯的樓梯間的聲音，在徐志坤住院期間，徐雲妮在醫院消防通道門口，聽過無數次。

『妳怎麼知道的？』崔浩問，『妳沒往外說吧？沒告訴他媽吧？』

「沒有，是我搜到的。」

『哦，那就行，他現在……還行。』

「你們在哪？」徐雲妮問他，「是醫院嗎？哪一家？」

崔浩頓了頓，說了一家醫院，就在本地。

徐雲妮說：「我現在過去。」

一路趕到醫院，天色漸暗。

徐雲妮在住院大樓樓下見到崔浩。

他在吸菸區抽菸，看起來很疲憊的樣子。

徐雲妮走過去，「崔老闆。」

他看著她，點點頭。

兩人在樓下說了一下。

簡而言之，太倒楣了。

五月中旬，節目開始正式錄製，現場來了不少粉絲蹲點，其中有個人從內部人員那拿了工作證，偷偷溜進攝影棚後臺。這人想找角度偷拍，爬上二樓平臺，在躲避保全的過程中摔下來了，還把移動樓梯和一堆器械拉塌了，算上自己在內，一共導致三人受傷，其中就包括時訣。

徐雲妮：「傷得嚴重嗎？」

崔浩皺著眉頭：「生命危險肯定是沒有，但也不輕，好幾處骨折，主要是右腿髕骨和肺部裂傷，這兩處比較重，手術做完了，剩下就靠養了。」

徐雲妮：「我想去看看他。」

崔浩抽完菸，帶她上了住院大樓。一路上，他囑咐她說：「這事別讓他媽知道，千萬記住，他當時被砸暈了，醒來第一句話就是讓我別告訴他媽。」

「嗯，」徐雲妮出了電梯，又問，「這傷對他以後有影響嗎？」

崔浩沉默了一下，說：「醫生的說法是看他自己恢復，恢復好的話影響不大。」他說著，眉頭還是皺著，最後長呼一口氣，伴隨著低聲謾罵，「我真他媽想弄死那傻子……」

他們來到病房門口，一開門，裡面聲音還挺大。

這是個四人病房，中間用簾子隔開。靠外的一張床空著，中間兩張床的病人可能病情不嚴重，把中間的簾子拉開了，帶著兩個陪護的親屬，四個人在那一邊吃喝一邊打牌。

徐雲妮和崔浩進了屋。

他們來到最裡面那張床位。

這張床四周的簾子全都拉上了。

徐雲妮看看崔浩，崔浩點點頭，她走過去，手輕輕將簾子撥開一道縫隙。

病床的床頭抬起了一個角度，時訣半臥在床上，戴著耳機和眼罩，很安靜地休息。

眼罩遮住他大半張臉，從露出的部分能看出，明顯消瘦了不少。

她想起他曾經說過，他是很容易掉體重的體質。

薄薄的被子只蓋到腹部，病服的扣子沒有全部扣上，能看到胸口到小腹纏著一圈圈繃帶，右腿也露在外面，小腿和膝蓋同樣打著繃帶。

也許是感覺到什麼，時訣動了動，把手從被子下移出來。

徐雲妮看到他手背上固定的留置針，和手腕上的住院手環。

他可能把她當成來打點滴的護理師了。

徐雲妮看著這隻蒼白修長的手掌，也伸出了手，只用兩根手指，輕輕勾住他的小拇指。

他的手抽動了一下，然後另一隻手從被子裡拿了出來，推著眼罩往上移。

下垂的視線，就這樣看到了她。

看了一陣子，他「啊」了一聲。

「……又從奇怪的地方冒出來了？」他聲音又輕又啞，這樣淡淡地說了一句。

徐雲妮稍彎下腰，小聲說：「時訣，你好好休息，我剛從你媽媽那過來，她那一切都好。」看著時訣的視線，她又說：「她什麼都不知道，以為你在外參加活動呢，你安心養傷。」

時訣把眼罩澈底摘了，放一旁。

他整張面龐露了出來，氣色差，人也沒有什麼精神。

不過整體還是平靜的。

他問她：「考得怎麼樣？」

徐雲妮說：「挺好的。」

他點點頭。

崔浩過來，問他：「餓不餓？要不要吃點東西？」

時訣搖頭。

崔浩皺著眉：「你不吃東西不行啊，哪有體力恢復啊。」

崔浩剛說了幾句話，護理師就過來查房了。她進房間後先讓另外兩床的人聲音小一點，然後到了最裡面，先檢查了時訣的手環，讓他坐起些，準備幫他肋下的傷口換藥。

護理師解衣服的時候，徐雲妮走到一旁。

牆邊有一張拉開的住院椅，可能是公用的，上面堆著不少東西。有一個黑色的長運動包，徐雲妮認得那是時訣的，被隔床的人買來的食品袋子壓在下面。

她過去，把他的包拿出來放好。

包很重，半拉開的，裡面裝著幾套衣服、鞋、一條菸、運動水壺，還有些電子產品和一個記事本。就那麼隨意一瞥間，徐雲妮還看到一個紅色的紙袋，這袋子應該在包裡放了一段時日了，壓出好多褶皺，袋口敞開著，裡面有兩條長條的紅色首飾盒。

袋子和盒子上都印著品牌的名字。

澈澈底底的奢侈品。

徐雲妮感覺時訣的消費觀挺自由的，她在他腳上至少見過三雙顏色不同的快洗出毛邊的低筒板鞋，但她也見過他去華衡廣場唱歌的那晚，穿著的 Alden 靴子。

她在他這見過的首飾，大多都只是戴個形狀的，沒多久就會褪色丟掉，還有他在她生日那天親手做的項鍊，再來，就是袋子裡的奢侈品。

要麼幾乎不花錢，要麼就花大錢，基本沒有中間值。

這也跟徐雲妮對他的印象差不多，有那麼點完美主義傾向。要麼不要，要就要最好。

床邊，護理師換好了藥，幫時訣打上點滴，囑咐道：「你少說話，多咳嗽排痰，養神休息，注意補充營養。」然後就走了。

崔浩手機響起，他一看來電顯示，老臉一沉，去外面接電話。

護理師忙完就走了，徐雲妮回到病床旁，幫他拉上簾子。

時訣頭偏過來看她，「怎麼找到這的？」

徐雲妮說：「你少說點話，我說你聽著。」她拉了椅子過來坐旁邊，把今天一整天的經歷講了一遍，有意省略了吳月祁的大發雷霆。

她講完，時訣要開口，徐雲妮又堵住他：「護理師說讓你少說話。」

他說：「無所謂，都這樣了。」

圍簾已經拉上了，隔絕了外面的視線，和一點點光亮，讓這環境變得有些黯淡。

他又要說什麼，突然像卡住了一樣，前胸一緊，然後就是一陣咳嗽，他在喘息的時候，徐雲妮聽到他胸口發出像風箱一樣的聲音，明顯咳出了痰。徐雲妮連忙取來桌上的衛生紙，撕了幾張疊在一起放到他面前，稍微扶著他的身體。

「快吐出來。」

他想自己接過衛生紙，但咳得手直哆嗦。

徐雲妮看出他的意思，又說：「快吐吧，沒事的。」

他最終吐了出來，徐雲妮把痰包起來丟掉，用紙巾幫他擦擦嘴，又把水拿來給他。

他搖頭。

徐雲妮拿著水瓶坐了回去。

這陣咳嗽讓他不太舒服，皺著眉，在那緩了一陣子。他沒有看徐雲妮，視線落在前方，不知是在看被單，還是在看自己打著石膏的右腿。

安靜了很長時間，徐雲妮說：「你睡一下吧。」

他說：「我沒聯絡妳，生氣沒？」

「沒有。」徐雲妮說。

他嘴角動動，這種狀態下，連笑都沒有力氣。

他看過來，問：「有沒有想過是我反悔了？」

徐雲妮看著他打著點滴的手背，說：「我倒寧願是你反悔了。」

時訣靜了好久，說：「徐雲妮……」

徐雲妮抬起了眼，四目相對，她像有什麼預感似的，剛要開口，被時訣搶先一步——

「算了吧。」

徐雲妮那話堵在嗓子眼了。

時訣說：「我現在沒精力管別的了，我肯定要重考一年的，不然我媽不會讓我進家門了，還有雜七雜八一堆事……」他看著她，平靜地說道：「所以，算了吧，妳去妳原本想去的學校吧，分數夠不夠？」

之前過生日的時候，徐雲妮曾想過，四個月後再見面，會是怎樣一幅光景。

這四個月裡，其實每一天，她都在期待，她還準備了一些話，等著今天說。

好像沒機會了。

其實剛剛見他的時候，徐雲妮就有種感覺，他精神很差，人也有點疏離。

生活的變化，完全不等人。

徐雲妮不禁回想，如果他第一次、第二次表白的時候，她答應他，現在還會是這樣嗎？或者在她生日那天，她果斷與他確定關係，現在是不是就能以另一種身分坐在這裡了？

想著想著，徐雲妮「呵」了一聲，視線垂下些。

其實，她很想跟他說，你重不重讀，跟我們的事都沒關係。

但她沒說，因為她知道他說這些話，跟重讀無關。

時訣的家庭條件並不理想，但從他身上其實看不太出來，他是個對自己非常有自信的人，也很有計劃，在表面的輕鬆玩樂下，他的生活節奏其實一直都在自己的掌控之內。他用著平平常常的物品，但偶爾也會買自己喜歡的昂貴的東西，他不覺得有什麼，大概是有這個底氣，他能賺到這些錢。

這次受傷對他的打擊一定比外人想得要嚴重很多，這讓他的生命裡多了很多不確定的東西，他要重鑄他的城堡，不能再分出精力去採鮮花。

但這不能怪他。

人總要優先把自己照顧好。

他看著她，那目光讓徐雲妮心裡發酸。

這種意外，光是想想都要委屈得喘不過氣了，他甚至還在顧及她的感受。

徐雲妮深吸一口氣，低下頭，又緩緩嘆出。

唉，早知道這樣，就別那麼急著拆包裝吧，雖然可能退不了了，但東西齊全點，又是全新的，找人出二手價錢也能高些，損失少一點。

……既然這麼不確定，幹嘛那麼急匆匆，一口氣買了一對呢。

那麼貴的東西。

她眼底有些發熱，再次深吸一口氣，抬手摸摸脖子。

「哎，」她說著，「時間怎麼總湊不到一起呢，不是我不行，就是你不行。真奇怪啊，班長，」她看向時訣，無奈一笑，「可能我們真沒緣分吧。」

像是低血糖反應一樣，時訣聽了這話，眼瞼一跳一跳的，他身體靠前，扯動了傷口，眼底的抖動更明顯了。

徐雲妮半起身，扶著他的肩膀讓他躺回去，她對他說：「時訣，生活不可能一帆風順的，不管碰到什麼事，都要堅強一點……雖然我覺得你已經很堅強了。」

時訣呼吸發顫，輕聲說：「妳是小學老師嗎？」

「對啊，」她順勢說：「你要做個聽話的好孩子。」

時訣皺著眉：「啊……」

時訣重新躺下，頭痛欲裂。

這時候，崔浩回來了。

他的臉色比時訣還差。

時訣見了，問他：「……誰？」

崔浩說：「沒事，你好好休息。」

崔浩是回來取菸的，他的菸抽光了，去時訣的運動包裡翻了一包新的揣口袋裡，說：

「我出去打個電話。」

他再次出去，徐雲妮把時訣的被子和枕頭整理了一下，說：「別再說話了，動過手術要養氣。」

徐雲妮把眼罩拿來，「戴上吧，睡覺。」

時訣一動不也動，躺著看她。

徐雲妮撐開眼罩的彈力繩，掛到他腦後，然後直接扣在眼睛上。

「你好好休息，我明天再來看你。」徐雲妮在原地站了一下，不見他回應，又說：「我可以來嗎？時訣。」

他低聲說：「隨妳……」

徐雲妮說：「好，那我先走了。」

時訣聽到拉開簾子，和腳步走遠的聲音。

他覺得自己的確該休息了，他渾身疼得要死，腦袋像要裂開了一樣，完全沒力氣，他的意識在黑暗和隔壁的打牌聲中，漸漸沉了下去。

徐雲妮在樓下吸菸區找到了崔浩，他還在跟人打電話，眉頭擰得跟麻繩似的。

「你們別這樣跟我扯！工作人員？那工作人員不是你們公司的人嗎？他私下給證跟你們就沒關係了？」

幾句話的功夫，一根菸就見底了，他用力撚滅在垃圾桶上，然後又掏了一根。

說了半天，毫無結果，崔浩憤憤地掛斷電話。

徐雲妮走過去，說：「崔老闆，是在談賠償的事嗎？」

「嗯，」崔浩罵著，「他媽到處推責，平臺說是場地公司的事，場地說是工作人員的責任，工作人員說是粉絲的事，那傻子還是個未成年，傷得最重，家長也要打官司要賠償，媽的，死了得了！」

徐雲妮說：「崔老闆，你冷靜點，這肯定是多方責任的。那個粉絲，還有演出組安排者，甚至保全公司和物業管理都有可能要擔責，有現場的錄影嗎？」

崔浩說：「有監視，我拷貝了一份。」

徐雲妮說：「還有醫療記錄，你都要準備好，然後……」她想了想，「崔老闆，你找好律師了嗎？這肯定是要走法律程序的，最好快點找個專業的律師，這樣你也能省點心，多點時間照顧時訣。」

崔浩說：「我有在聯絡，除了時訣以外還有個工作人員受傷，我們打算一起告。」

徐雲妮說：「行，崔老闆，你不要急，賠償是跑不了的。我明天接著過來看他，你要是忙的話，我可以接你半天班，或者一天班，都行。」

崔浩一頓，看看她，「時訣讓妳來嗎？」

「他說隨我。」

崔浩又看了她幾眼，「哦」了一聲。

崔浩原本很心煩，因為能用的人太少了，魏芊雯剛走，Delia又有自己的事，好多SD的老師都在《舞動青春》那邊排節目。

主要是時訣脾氣拗，有時候寧可自己折騰，也不想被不熟的人關照。

見徐雲妮這麼說了，崔浩說：「那妳來吧，不用一整天，妳……妳上午方便還是下午？」

徐雲妮說：「我都方便。」

崔浩說：「那妳下午來吧。」

徐雲妮說：「行，我中午十二點到。」

真是及時雨，崔浩說：「太謝謝妳了，妳——」他再次頓了頓，看著徐雲妮，問，「……妳跟時訣，你們現在什麼情況？」

「什麼？」徐雲妮想了想，然後說：「沒有情況，只是普通朋友。」

「哦……」崔浩含著菸，上下看看她，也沒說什麼。

# 第十五章　日子

徐雲妮原本的計畫被打亂了。

她回到家，李恩穎跟趙博滿在研究旅遊的事。

趙博滿老早就制定了計畫，想去北極玩，他想趁著徐雲妮升學考結束，還有暑假趙明櫟從國外回來，全家一起畢業旅行。

「妮妮！來，看看這兩個腰包妳喜歡哪個？」

徐雲妮過去，坐在沙發上，李恩穎拿手機給她看。

「妳趙叔喜歡這個，但我覺得不太好看……」

徐雲妮看著這兩個腰包，開口道：「媽、趙叔，你們有沒有認識厲害一點的律師？」

李恩穎和趙博滿均一愣。

李恩穎問：「律師？為什麼要問律師，有什麼事嗎？」

徐雲妮：「是我一個同學。」她把時訣遭遇的事情告訴他們，李恩穎聽完，「哎呦」了一聲，說：「這孩子真倒楣啊，傷得重不重啊？」

徐雲妮：「我今天去看了，情況還行，但他們那個賠償還沒有談清楚，他哥在找律師。」

李恩穎說：「律師，認識太多了，妳爸以前朋友好多都是律師。」

趙博滿說：「我們公司也有法務部門，他這官司應該不難打啊，責任不是很清楚嗎？」

徐雲妮問：「有適合的人能介紹給他們嗎？」

醫院內。

崔浩正在給時訣看SD其他老師從錄製現場傳回來的影片。

本來崔浩不願意讓他看這些，免得他心裡難受，但時訣要看，第二輪錄製剛結束，他需要知道他們發揮得怎麼樣。

「樂陽的都還行，但是瑤瑤不太理想，她不想參加了，非要來看你，讓其他老師按在那了。」

時訣沒聽清他在說什麼，他的注意全在影片的舞蹈裡，這舞蹈是他負責編排的，整體效果不錯，只是有一個人笑得過於誇張了。

好像自從後臺事故後，阿京每天都過得很開心。

這時，進來一通電話。

來電顯示是「徐雲妮」，時訣看向崔浩。

崔浩拿回手機，接通電話。

「喂？哎，不忙，妳說……還沒呢……嗯？是嗎？」他稍直起腰，「有的話太好了……行啊，妳給我他的電話，我跟他細說，嗯嗯，好……行，謝謝妳了。」

他掛斷電話，時訣問：「什麼事？」

崔浩手指頭點了點，說：「你這同學太可靠了！」

「什麼？」

「你那個拼車車友，」崔浩說：「她幫忙找了一個律師，說是擅長人身損害賠償的案子。」

時訣無言地看向一旁，然後又看了回來，「能不能別讓她幫忙啊？」

「嗯？」

手機一震，徐雲妮傳來了律師的聯絡方式。

崔浩看看時訣的臉色，忽然說：「你這同學喜歡你吧？」

時訣沒說話。

崔浩：「怎麼，你不喜歡她？我看挺好的啊，踏踏實實的。」他一邊低頭存號碼，一邊笑著說：「以前雯子跟我說，你喜歡聽話的純欲女文青。」

時訣淡淡道：「她看誰都像你。」

崔浩笑容一停，嘴巴動了動，又沒出聲。

他收起手機：「你跟你同學有什麼事自己處理吧，我現在管不了那麼多了，我要先把這事解決了。」他起身，站得有點急了，腦子一暈，又跌回椅子裡。

「哎呦我靠……」

時訣：「哥……」

崔浩已經好久沒有睡好覺了，自事故發生以來，他一直在忙。

時訣說：「你休息一下吧。」

崔浩緩過神，說：「不用，我出去打個電話。」

崔浩離開了。

時訣的視線空空的落在某處，片刻後，他頭又開始疼了，他閉上眼睛，再睜開時，他看到床頭小桌上放著拆開一半的麵包。

他完全不餓，他完全沒胃口，他現在看到吃的東西就噁心。

但他盯著那麵包足足十幾秒，最後還是伸手去拿了。

麵包放得非常遠，崔浩完全不擅長照顧人。

時訣扯動了傷口，疼得耳鳴陣陣，他一咬牙把麵包搆到手，撕開袋子，什麼味道都沒吃出來，三下五除二直接吞了下去。

徐雲妮第二天起了個大早，前往醫院。

她沒有去找時訣，先掛了骨科的號，又掛了呼吸內科的號，帶著時訣的情況去詢問後續療養措施。

她在呼吸內科門口等待的時候，碰到個阿姨，做了跟時訣一樣的手術，定期回來複查。在閒聊過程中，阿姨勸說徐雲妮，讓患者一定要把握術後半年的恢復期，好好調理。

「我就是不太在意，現在太後悔了，動五臟的手術，就沒有不傷元氣的，別以為年輕就不當回事。」

徐雲妮問：「那該怎麼調理？」

阿姨說：「這段時間別碰冷的，別吹冷氣，不要刺激到氣管。然後最好出院了找個好的中醫院護理一下，宣通肺氣，還要每天做深呼吸練習。」

徐雲妮拿著筆一項一項記錄，「中醫院？您有推薦的地方嗎？」

阿姨說：「有個大夫做這個不錯，我們好多人在那扎過針灸，但離這邊太遠了。」

徐雲妮說：「您告訴我，我先記一下。」

中午，徐雲妮背著包來到住院大樓。

屋裡有三個人，時訣、崔浩，還有一個看護，病患不知都去哪了，這位陪護親屬正躺在病床上用手機玩遊戲。

崔浩抱著手臂在角落裡靠坐著休息。

徐雲妮在時訣的注視下走過去，把包輕輕放一旁，來到床邊。

她小聲問：「吃飯了嗎？」

時訣說：「吃了。」

徐雲妮看著一旁的麵包袋和優酪乳。

「你就吃這個啊？」

「不想吃別的。」

「這營養不夠吧，你要吃點菜啊。」

「我現在看見帶油的東西就想吐。」

徐雲妮提議：「……要不然喝點粥？再配點鹹菜。」

「不用了。」

「你都瘦脫相了。」

時訣看著她，徐雲妮接著說：「不用擔心，就算脫相了也很帥。」

「徐雲妮。」

「我先去買點粥，正好我也沒吃呢，我買回來我們一起吃點。」

徐雲妮走後，崔浩把眼睛睜開了。

「你想喝粥啊？那你怎麼不跟我說呢？」

時訣沒說話。

崔浩不逗他了，站起身：「這裡就交給她了，我先走了，晚上回來。」

時訣慢慢看了過來：「什麼叫『交給她了』？」

崔浩說：「我下午要去跟律師碰個面。」他拿起包，檢查了資料，「昨晚你同學說好的，下午來替我。」

「什麼？」時訣皺眉，「哥，你怎麼能讓——」

「行了，人都來了。」

「她只是來看看。」

崔浩朝時訣抱起拳，誠懇地說：「你才是我親哥，弟弟我這是真沒人了，好吧？你體諒一下，我要走了。」

徐雲妮在附近找到一家店鋪，買了粥和小菜，然後又去旁邊一家餐廳打包了一份鮮燉魚湯。

她回去的時候，病房裡只剩時訣和另外那位手機玩累睡著了的陪護人員。非常安靜。

徐雲妮把帶回來的飯菜一一備好。

天氣太熱了，她出了點汗，面頰有些泛紅。

「來，你一份我一份。」

「我真吃不下……」

「能吃多少是多少，你哥呢？」

「去見妳介紹的律師了。」

「這樣啊。」

「徐雲妮。」

「嗯?」

「妳這是要幹什麼?」

「什麼幹什麼?」

時訣看著她拆魚湯袋子的手,說:「我跟妳說過吧,我不想談了。」

「說過,」徐雲妮把魚湯蓋子打開,「不談就不談,普通朋友就不能互相關照嗎?難道不談戀愛就絕交嗎?」

時訣胸口微微抽動,真是似曾相識的言辭。

「不絕交就是妳這樣?」時訣說:「怎麼,讓我人情欠多點,妳會比較放心嗎?」

徐雲妮手頓住,她看著鮮香白嫩的魚湯,大概三五秒後,臉轉向他。

「昨天我問你我能不能來,你說隨我,我沒記錯吧?」

時訣沒說話。

徐雲妮:「現在又變了?」

徐雲妮感覺,當初她在生日當晚擔憂的內容,都在一一應驗——他們還不夠成熟,即使他們根本就沒談。

她又說了一句：「你反悔真的挺快的。」

時訣當然聽出她引申的意思。

「哦，」他回應，「有妳快嗎？我反悔好歹還要出個事，妳反悔只需要我唱首歌就行了。」

徐雲妮：「那你可以再唱一首啊，說不定我就走了呢。」

旁邊床的人醒了，對這邊說：「正中午的，你們能小聲點嗎？」

徐雲妮抬眼過去：「你剛剛玩遊戲聲音比這大吧。」

「哎……」那人瞬間不滿意了，「我沒玩了啊，我睡覺呢，你們說話還有理了！」

徐雲妮：「昨晚你們打牌的時候怎麼沒顧及有人在休息呢？」

這人發現不太嗆得過，罵罵咧咧直接拉上了簾子。

病房再次陷入沉寂。

徐雲妮接著拆粥鋪的包裝。

餘光裡，是他放在身側的瘦長的手掌。

她忽然有點後悔。

他的想法難道理解不了嗎？

幹嘛非要較勁呢？

徐雲妮把伸縮餐桌放到病床中間卡好，剛要去拿食物，忽然想到什麼，停下看向時訣。

四目相對，徐雲妮認真地問他：「你不會等我擺好後掀了吧？」

過於離譜的問題，使徐雲妮久違的再次見到了時訣的白眼。

好吧，應該是不會掀了。

兩份飯，各有一碗粥、鹹菜、青菜炒蘑菇，和一碗魚湯。

她把餐具給時訣，兩人就這麼默不作聲吃了起來。

吃完飯，徐雲妮收拾了桌面，然後把垃圾清理出去。再次回來的時候，屋裡另外一床的病人也回來了，還有兩名探病的親屬，圍著人說話。

徐雲妮回到時訣床邊，坐到椅子上。

「睡一下吧。」她說。

時訣：「不睏。」

徐雲妮：「你少說點話吧，護理師都說要你少說話，多休息。」

時訣：「不是妳一直說話嗎？」

「行，我不說了。」徐雲妮點點頭，把嘴閉上了。

她從包裡拿出一本從圖書館借來的書看。

兩個人，一個閉目養神，一個看書，暫時安寧。

過了一陣子，護理師過來換點滴，這時時訣人已經睡著了。

護理師動作很輕，弄完之後，他也沒醒。

徐雲妮的視線從書上移動到他臉上。

他真的瘦了很多。

時訣對吃沒什麼執念，以前就是這樣，而且他的食欲非常容易受到情緒影響，就像當初在舞社被阿京折騰時一樣，現在只會更誇張。

不過……剛才她買的東西，他幾乎吃光了。

她有注意到，好幾次他都是皺著眉頭硬吞下去的，根本是當藥吃的。

但也是吃光了。

他已經非常努力調整了。

徐雲妮又一次反省，她剛才不該那麼跟他吵。

就因為他戳破了她的心思，她就惱羞成怒了？她的臉皮怎麼這麼薄呢？

——「讓我人情欠多點，妳會比較放心嗎？」

還真是。

徐雲妮在心裡回答，一點都沒錯，她希望他欠得越多越好，多到還不清最好。

徐雲妮緩緩吸了一口氣，隨手翻了一頁書，本頁主題：「XX年國家公務員考試面試模擬題：怎麼看待『知恩圖報』」。

徐雲妮一個沒留意，把「知」看成了「挾」，當即一個激靈。

定睛再看，才安穩下來。

她再偷瞄床上的人一眼，他微偏著頭，平靜地睡著。

徐雲妮疊起腿，稍歪過身子，一隻手稍稍摸摸耳根。

古人誠不欺我，當真是君子坦蕩蕩，小人常戚戚……

時訣醒來的時候，徐雲妮的頭已經垂下來了。

那書的內容可能挺催眠的，她靠在椅背上，像個瞌睡蟲一樣，昏昏欲睡。

時訣這樣看了她一下，然後又往門口的方向看看。

他有時候真覺得，他哥做事都不動腦子的……

時訣把被子掀開。

即使他已經盡可能地放輕動作，但徐雲妮還是醒過來了。

她看看他，問：「你熱了嗎？」

時訣搖頭。

徐雲妮：「要喝水嗎？」

他還是搖頭。

徐雲妮就接著看書了。

時訣想等她再一次睡著，但這次她好像有精神了，又不睡了。

過了十來分鐘，時訣有點等不了了，說：「妳去幫我買包口香糖行嗎？」

……菸癮犯了？

「可以啊，」他難得提了要求，徐雲妮放下書，「只要口香糖嗎？還要別的嗎？」

時訣：「不要。」

徐雲妮起身出去。

她走出半條走廊，忽然想到什麼，折回去。

「你要什麼口味——」剛進屋，問一半又停下了。

時訣坐到床邊，手撐著床，正試著起身呢，一見她回來，也停住了。

徐雲妮走到他身前，看看他，「你是要上廁所嗎？」

時訣不說話。

徐雲妮說：「你等著，我去借輛輪椅。」

他說：「不用了。」

徐雲妮：「那我扶你去。」

他還是說：「不用，妳去買東西吧。」

徐雲妮：「那我找個看護幫忙。」

時訣抬頭看她。

徐雲妮：「時訣，別逞這個強，萬一再受傷了，你回家的時間又要往後拖。你不能讓你媽半年見不到兒子吧？肯定會露餡的。」

時訣不言，徐雲妮伸手，把他有些錯位的病服往裡拉了拉，遮住纏著繃帶的胸口，說：「真犯不上，你別動啊，我去借輛輪椅。」

他也沒說行還是不行，徐雲妮直接走了。

她去服務臺借了輛輪椅回來，時訣還坐在原處，她扶著他坐上輪椅，推他去了廁所。

到廁所門口，時訣要站起來，徐雲妮說：「你等下，我看看有沒有人，爭取少走幾步。」

她走到男廁前，往裡瞄了一眼。

時訣：「哎……」

「沒人，快來。」徐雲妮回來，把他推進去。

時訣抬手向後，抓住她手臂，又「哎」了一聲。

徐雲妮不管，直接將他推到廁所隔間門口，打開門。

時訣到極限了，他撥開她，往門口指指，「妳別待在這。」

徐雲妮出去了。

但她沒走遠，就在門口看著，等廁所隔間再開門的時候，她就進去了。

時訣單腿站起來，她扶他坐回輪椅，到門口洗手。

時訣骨折位置比較嚴重的就是肋骨和右腿，胸口的繃帶非常限制行動，洗手伸手臂都有點吃力。

為了不讓他的衣服蹭到洗手檯上，徐雲妮托著他的手腕讓他借力，她去擠了點洗手乳，幫他搓洗乾淨。

洗手間很安靜。

他也很安靜。

只有流水聲，和揉搓泡沫的聲音。

水涼絲絲的，他們的手也涼絲絲的。

徐雲妮去旁邊抽了幾張紙巾，回來幫他擦乾。

洗好的雙手，乾淨清爽，修長白皙，跟以前一模一樣。

徐雲妮推他回病房，然後去還輪椅。

等她回來的時候，時訣仍然坐在那，背對著門口，手撐在身體兩側，看著窗外。

徐雲妮走過去，坐到他面前的椅子上。

「不躺下嗎？」她建議說：「還是躺下休息吧。」

時訣的視線慢慢落在她的臉上，他消瘦的面容迎著窗外的光，像灑了一層金。

「徐雲妮。」

「嗯？」

「妳回去吧。」

「你先躺下休息。」

「回去吧。」

徐雲妮之前也見過徐志坤住院的樣子，只能說，不管再清高獨立的人，只要住進了醫院，就少有尊嚴，這是沒辦法的事。

徐雲妮想了想，說：「時訣，要不然這樣吧，你答應我一件事，我就聽你的。」

時訣：「什麼事？」

徐雲妮從包裡拿來一個本子，一打開，上面密密麻麻寫了好多字，仔細一看，都是手術後的療養相關事項。

他的眼神又撇開了。

「我打聽到兩個地方，」徐雲妮在本子上圈出兩處名字，點了點，「一個是做骨科復健很有名的復健中心，還有個是一位阿姨推薦的針灸館，說很多肺部動過手術的人都去調養過，到時候你也去，行不行？」

時訣淡淡道：「醫院騙子多，別什麼都信。」

徐雲妮：「試試唄。」

時訣從她手裡接過本子，隨便翻了翻，放到一旁，又拿來手機看看，很明顯的不太在意。

徐雲妮覺得，可能在時訣看來，她這些舉動都該歸類為「病急亂投醫」。

完美主義的人就這點不好，十個裡面九個沾點悲觀主義，如果拿不到十分，那九分和零分在他眼裡沒什麼差別。說好聽點是追求極致，難聽點就是容易自暴自棄。

「時訣，」徐雲妮緩吸一口氣，「不能這樣。」

時訣聽了她的話，抬起眼。

徐雲妮不願意在他遭受沉重打擊的時候說些不痛不癢的話，但又忍不住，因為九分和零分差別真的很大，許多本來可以變好的事，一拖再拖反而耽誤了。

徐雲妮說：「我知道這次受傷對你來說打擊很大，但是，遠遠沒到無法挽回的地步，你相信我，你還是你，你沒有變。」

時訣的視線又垂了下去。

徐雲妮再接再厲，她身體向前，手肘墊在腿上，兩手張開。

「時訣，真金不怕火煉，這一點點打磨——」

她剛說一半，時訣手機轉過來，螢幕對著她。

徐雲妮往後縮縮脖子，瞇著眼睛聚焦，上面是一則新聞——『既「養生」又「套利」！「百年醫館」大騙局！』下面有一張圖片，正是徐雲妮寫的那個針灸館的名字。

徐雲妮：「……」

她皺著眉頭拿過手機，把新聞反覆閱讀好幾遍。

臉頰有些癢，她不自覺地撓撓臉，然後把手機還回去。

因為早上時間趕，她打聽完，沒來得及查驗這些地方……

這下還真坐實「病急亂投醫」了。

時訣看著她嚴正謹慎的表情，忽然說：「哎，妳剛剛要說什麼？」

徐雲妮：「沒什麼。」

時訣：「說完吧。」

徐雲妮明顯感覺到，他的語氣活潑了不少。

嗯，時班長的性格是這樣的，你不爽了，他就爽了。

徐雲妮看著那雙純真的眼睛，靠回椅子上，緩緩說道：「真金不怕火煉，這一點點打磨，只會讓你的未來變得更加璀璨。」

「完了？」

「完了。」

時訣看著她，突然笑了一下，他剛開始只是動動嘴角，後來實在忍不住了，一連串地笑起來。

「哎……」他一邊笑一邊皺眉，用手捂住肋下的傷口，「疼死了……」

傷沒好全，他笑到一半又咳了起來，徐雲妮趕緊扶住他，一手拿來衛生紙幫他清痰。

「你慢點，別把傷口崩開了，」她忍不住說：「有什麼好笑的。」

他說：「妳不搞笑，我就不會笑了。」

徐雲妮：「不愧是班長，笑點真是與眾不同。」

但能笑出來，總比頹著好。

她扶他躺回床上。

不知過了多久，時訣的氣息終於慢慢平穩下來了。

他盯著天花板，靜了一陣子，輕輕開口。

「徐雲妮……」

「嗯？」

「妳還喜歡我嗎？」

徐雲妮一愣，看向他的臉。

他仍然看著天花板。

徐雲妮思索片刻，實話實說：「喜歡。」

時訣翻開自己的左手，朝著她。

徐雲妮看著，把手放上去。

他握住她，往自己那邊帶了帶，說：「過來。」

徐雲妮靠近些，他嫌不夠，手又拉了拉，說：「再過來點。」

夠近了吧……

徐雲妮又往前一點，時訣轉過臉來。徐雲妮感覺到微微的熱力，也許來自他的氣息，或者身體。

「聽我的話，」他說：「明天別來了。」

徐雲妮沒說話。

他接著說：「我讓我哥找個男看護，妳在這真的不方便，好不容易的假期，別在醫院待著。」

徐雲妮靜了一下，說：「剛才那個中醫館是我失誤了，不過我問過醫生了，後續療養特別重要，尤其是剛恢復的時候，你不要大意。」

時訣說：「行，骨科復健和針灸，我會找好地方去的。還有，之前跟妳說的，妳就選妳原本要去的學校，分數沒問題吧？」

徐雲妮：「沒出呢。」

時訣：「別扯，妳考完了能不知道自己分數夠不夠？」

徐雲妮挑起眼，看著這眉睫之內的人。

之前崔浩說他表面好說話，其實性格固執，說的真沒錯。

「你拉著我的手，還讓我靠這麼近，就說這個啊？」她問。

離近了，她的質問變得很有磁性。

時訣聞到她頭髮的香氣，乾淨的清香，與醫院的味道很不一樣。

時訣視線往下，落到他們仍拉在一起的手上，他的拇指動了動，摸著她的手背，輕輕的，來回幾輪。

薄薄的皮膚，溫熱而細膩。

「我跟妳交個底吧，」他說：「雖然不至於殘了，但是不管上哪做康復，也不可能是以前的樣子了。」

「時訣。」

「我知道妳可能不在乎，但我要跟妳說明白，我的身體我自己清楚。」他看看她，又說：「妳現在別在這跟我耗著，到時候我會去找妳的。」

徐雲妮一頓。

什麼意思？

她問：「到什麼時候？你是要我等你嗎？」

「等什麼，」時訣說：「妳該幹什麼就幹什麼，我恢復得差不多就去找妳，恢復不了也沒必要了。」

徐雲妮還想說點什麼，但想來想去，只問了一句：「要不要約定個時間？」

時訣：「不。」

徐雲妮垂眸，拇指翻出來，也玩了玩他的手，小心不碰到手背的留置針。

「時訣，這有點不太公平吧。」

「為什麼？」

「連個口頭約定都沒有，就讓我這麼等你啊？」

他沒說話。

「時訣。」

「嗯？」

「其實，讓我自己說這話真有點難為情，」徐雲妮歪歪頭，「不過，我還挺受異性歡迎的。」

「哦。」

「什麼約定都沒有，萬一到時候『還君明珠雙淚垂』了怎麼辦？」

「妳別太有文化，下半句是什麼？」

「恨不相逢未嫁時。」

「啊，這句我知道。」他看著他們纏繞在一起的手，食指指尖在她手心輕輕一刮，隨之說道：「無所謂吧，實在不行就偷腥嘛。」

手心癢得徐雲妮脖子都熱了。

時訣：「我能去找妳，大概也恢復個七八分了，應該夠用了吧？」

徐雲妮還是癢，她想鬆開手自己捏捏掌心，卻被他拉得更緊。

他撐起身體靠近，又問一遍：「徐雲妮，夠用嗎？」

不是錯覺，他說這話時，嘴唇絕對碰到她的臉了，聲音裡帶著熱度。

徐雲妮像被燙到了一樣，反射性抽出手，直起身。

後側有簾子擋著，外面的人還在打牌。

還好有簾子擋著……

時訣躺在那，看著她明顯變紅的膚色，和欲言又止的表情。

「怎麼了？」他有些不解似的。

徐雲妮的神經一跳一跳的。

他挑起眉，笑道：「怎麼了呀？」

徐雲妮的視線看看左右，然後又往上抬一點……

是心理作用嗎？總覺得隔壁的人在往這邊看。

徐雲妮身體向前，手撐在時訣腿旁，伸手把簾子拉得更緊些。

時訣隨著她的動作，圍著四周看了一圈，然後說：「弄這麼嚴，要做壞事嗎？」

徐雲妮瞥向他。

……這是活過來了？

她看著他故意擺出的神態，忽然想起了花鳥魚蟲市場裡，那些店家幫魚打氧氣的畫面。

從半死不活，到吐泡泡展尾，就是一瞬間的事。

「怎麼不說話啊？」時訣問。

「給點時間，」徐雲妮說：「我緩緩。」

時訣本來繃著平常的表情，突然又戳中笑點，嘴角抻開了。他在徐雲妮的注視下，不想笑得太誇張，含著嘴唇，舌頭在腮幫子裡鼓搗來鼓搗去。最後，他看回來，清清嗓子，說：

「怎麼，妳玩我的手玩得那麼開心，我靠妳近點就不行嗎？」

「沒啊，」徐雲妮說：「沒說不行，只是緩緩。」

她坐回椅子，依然看著他的臉。

這麼看了一下，時訣撥撥被角，問：「幹嘛一直盯著我，怪不好意思的。」

哦？

「班長還能不好意思呢？」

「我臉皮很薄的。」

「真的嗎？」

時訣把臉偏過來對著她，輕聲說：「不信妳摸摸。」

他不僅亮出了半張側臉，順帶著還有雪白的脖頸和一側的鎖骨，細長的筋脈起伏綿延，配合著被凌亂的頭髮遮掩著的，斜睨來的視線……

這是什麼畫面……

徐雲妮有點被自己腦袋裡的想法嚇到了，她說：「班長，有人評價過你特別愛玩嗎？」

時訣說：「嗯？玩什麼？」

「沒什麼，」徐雲妮搖搖頭，「你有精神了就好。」

她垂下視線，可剛剛的畫面像是烙在腦子裡了一樣，揮之不去。

病床邊，有一塊有點脫鏽，起皮。

徐雲妮抬起眼，又問：「如果我摸了你，你會更有精神嗎？」

時訣一頓，嘴唇微微張開。

他明明沒有出聲，但徐雲妮還是探過身，伸出手，手掌覆蓋在他的臉上。

他出了汗，摸起來有點黏。

好吧，徐雲妮心想，好奇心滿足了。

不過這張臉的觸感與她想像的相差甚多，她曾以為，這白皙的面龐摸起來一定細膩又柔軟，像果凍一樣，或者像雞蛋一樣，但真上手了，其實還挺硬朗的，跟她的皮膚質感完全不同。

怎麼形容呢？男人終究是男人？

但這臉真的好小，臉型也是真的標準……

他看著她，說：「手好熱啊。」

徐雲妮：「是你的臉熱吧？」

他視線緩慢放空，好像在感受什麼，然後輕輕地「啊」了一聲：「……這樣。」隨之人也放鬆了。

徐雲妮感覺手掌變重了些，他臉頰的肉堆起一些。新想法又冒出來……捏一下，會是什麼感覺呢？

她剛要嘗試，旁邊忽然傳來一句：「測體溫了。」然後簾子就拉開了。

徐雲妮嚇一跳，她過於專注，完全沒注意護理師來了，趕緊收回手。

護理師看她一眼，接著工作。

「感覺怎麼樣？」她例行詢問時訣。

時訣：「還行。」

護理師量了體溫，然後換了藥，臨走前說：「好好注意休息，別動到傷口，出院了再玩。」

時訣挑挑眉。

徐雲妮兩手疊在身前，抿著嘴看著前方。

護理師離開了。

徐雲妮嘆了口氣，坐回椅子。

「她說的對，還是休息吧。」

「嗯。」

靜了一下。

「你在休息嗎？」

「在啊。」

那怎麼不閉眼睛呢？

又靜了一下。

徐雲妮最終站起身，從桌上拿來眼罩，幫他套上。

時訣沒有反抗，安安靜靜躺在那。

徐雲妮重新翻開書。

看了一下，她往上瞄一眼，發現他的手放在病床邊緣，手掌依舊朝上，張開著。

徐雲妮緩吸了一口氣，稍站起身，把凳子拉到朝向床頭的方向，貼著病床放置，然後重新坐下。

順便握住他的手。

就這樣，徐雲妮一手拉著他，一手翻書看。

大概二十幾分鐘後，他的手明顯鬆軟了，應該是睡著了。

徐雲妮鬆開手，手心已出了一層薄汗，她攥了攥，摩擦起來稍有澀感。

時訣一覺睡到傍晚時分。

崔浩回來了。

他說跟律師談得很順利，他們一起聊了一下，護理師又過來換藥。

崔浩叫了外送，三個人一起吃了飯，然後徐雲妮就準備走了。

她走前，把那張總結的療養提案留給了時訣。

「除了中醫館，其他的你仔細看看，說話要算話。」

時訣：「行。」

這一走又要不知多久才能見面，徐雲妮還有點話想說，但崔浩就在旁邊，她不好意思開口，「那我先走了。」

他又「嗯」了一聲。

他好像沒什麼要說的。

徐雲妮就感覺，時班長這情緒來得快，收得也快。

這方面她還是要多學習。

崔浩出來送她，兩人到了樓下，徐雲妮告訴他，她明天就不來了，時訣要找個男看護。

「啊，」崔浩好像不意外，「我想也是，這小子包袱很重的，戒心也強，尤其心情差的時候，其實他今天能讓妳來我挺驚訝。」

徐雲妮說：「是吧。」

崔浩：「律師這事謝謝妳了。」

徐雲妮：「不客氣。」

崔浩發現，徐雲妮說著話，眼睛還不時看著住院大樓的方向。

崔浩抽著菸，說道：「沒事的，他能緩過來。」

徐雲妮回過神，轉向他。

崔浩：「這小子特別能吃苦，從小就是，他只是偶爾看起來頹，但只要心裡有個念想，就肯定能緩過來。」

徐雲妮：「念想？」

崔浩：「他要照顧他媽啊。」

「哦，對。」徐雲妮說。

崔浩看看她，把菸放入口中，有些含糊地說著：「他自己也有追求的，所以放心吧……」

徐雲妮回家後，吃了頓飯，然後跟李恩穎和趙博滿研究了假期旅遊的事，又看了下電視節目，再然後便洗澡上床了。

她今天醒得很早，又忙了一整天，非常疲倦，沒多久就睡著了。

結果第二天起得超級早。

四點五十，窗外鳥都沒開始叫呢。

徐雲妮呈大字狀躺在床上，睜著眼睛，看著天花板發呆。

……起床嗎？

起床幹嘛呢？

不知道啊。

在徐雲妮原本的計畫裡，這個假期她是有事情做的，但現在，這個「事情」臨時告吹了，而她還沒有制定新的計畫。

從沒有過的空白體驗，生活好像一瞬間變寬裕了。

她拿出手機，在好友列表裡翻看，找到之前約她玩的人，回覆訊息。

過了一下，手機震動，王麗瑩傳來一串憤怒的表情：『大姐！幾點啊！被妳吵醒啦！』

徐雲妮起身，盤腿坐著，捋了下睡亂的頭髮，低頭打字。

『之前你們說出去玩，確定哪天了？加我一個。』

王麗瑩回覆她：『畢業典禮之後去，妳要去就聯絡喬文濤交錢，我睡回籠覺啦！』

時間確實太早了，徐雲妮等到七點多才傳訊息給喬文濤。喬文濤傳了活動日的行程表給她，詳細解釋了費用支出，徐雲妮也懶得看，直接交了兩百塊錢的活動費。

經過與王麗瑩的傳訊，徐雲妮突然想起來還有「畢業典禮」一說，華衡的畢業典禮定在六月中，還有幾天，她該幹點什麼呢？

不清楚，但也磨磨蹭蹭地起床了。

李恩穎和趙博滿都出門了，家裡只剩徐雲妮和張阿姨。

徐雲妮吃了早飯，在房裡無所事事地坐了一下，待不住了，換衣服出門。

她坐地鐵去了市中心的一家商場，從一樓開始往頂樓逛，沒有目的，看到順眼的店就進去轉兩圈。

徐雲妮以前陪李恩穎逛商場，都是去看吃的比較多，在李恩穎試衣服的時候，她可能會去看看文具店。

俗話說，差生文具多，徐雲妮不是差生，但文具更多，她很喜歡買各式各樣的筆和筆記本，是堅定的手寫愛好者，她的手上有能跟時訣一較高下的繭，就是右手中指常年寫字烙下的印記。

時訣……

又想起他了？

徐雲妮喝著手打檸檬茶，一邊走一邊思考，還是別想了吧。

學學班長，收收心。

然而，當她路過一家精品服裝店，看到櫥窗裡男模特兒身上的一套衣服，腦子裡的念頭還是唰的一下冒了出來——他穿這套一定很好看。

她咬碎唇齒間的檸檬果肉，一路逛到頂樓，然後直接去電影院看了場電影。

放了暑假，影院人比往常多一點，徐雲妮坐在兩對情侶中間，淡定地吃著爆米花。

電影是隨機挑選的，一部青春喜劇，講了一群年輕人創業的故事。

劇本很假，演得也很尬，劇情一看就知道結尾，但徐雲妮卻看得津津有味。究其原因，大概是因為這個青春創業團隊中，有一個升學考落榜生。這電影告訴大家，沒有什麼挫折能夠判定人生的失敗，只要打起精神，鼓起勇氣，就一定會有光明的未來。

多好的主題，值得頒個獎。

從電影院出來，徐雲妮又去了一家自助壽喜鍋，吃到一半就後悔了，她以為自己挺餓的，沒想到爆米花占了不少肚子，血虧。

吃完飯，徐雲妮出了商場，順著街道閒逛。

原本想多散步一下，但沒想到到實在太熱了，徐雲妮在路邊發現一家密室逃脫，像新開的，看起來冷氣很強的樣子，直接鑽了進去。

有人正在等湊團，三缺一，徐雲妮報了名。

三個人都是大學生，一對情侶，和一位單身男性。他們一起進了密室，主題與盜墓相關，帶點恐怖色調。三個大學生一路嚇得吱哇亂叫，每次摸黑都是徐雲妮走在最前面。

走過黑暗，進到洞穴，要兵分兩路，情侶自然走在一起，剩下徐雲妮和那位單身男性組隊。他們彎著腰過了一個通道，然後下方有個一公尺高的落差，徐雲妮先跳下去，後面那位單身男性身材瘦小，好像有點恐高，換了好幾個姿勢都沒下來。

徐雲妮過去，伸手：「你跳吧，我接住你。」

那男生：「能、能嗎？」

徐雲妮：「請相信團隊的力量。」

男生手扶著邊緣往下蹭，徐雲妮過去，一手抱住他的雙腿，一手抓住他的手臂，把他托了下來。

男生緊張地抓著徐雲妮的手臂，落地了還有點顫，說：「小姐姐！謝謝妳！」

……小姐姐？

「你大幾啊？」徐雲妮問。

男生說：「大二。」

現在的大學生都是這樣的嗎？

前方有一片水域，中間放著個棺材，很明顯要爬過棺材去另一邊拿線索。

男生嚇得臉色發白，徐雲妮說：「你在這等著我吧。」

她順著鐵鍊爬過去，感覺手上全是灰，髒兮兮的。

而且可能因為地面有積水，整個環境非常潮濕，待久了十分難受。

徐雲妮有點後悔來玩這個了，心想著快點結束，她加快速度，一股腦鑽進了棺材。

就在這時，手機震了。

徐雲妮隨手摸出來一看，人停在那。

時訣：『在幹嘛呢？忙嗎？』

徐雲妮瞇著眼睛看了一陣子，歪過頭。

嗯？

不過，很神奇的是，這訊息出現的一瞬間，徐雲妮覺得這棺材沒那麼髒了，周圍也沒那麼潮濕了，連手邊的骷髏頭都變得眉清目秀了。

她在狹小的棺材裡稍微轉了個身，把手機拿起來，臉貼著骷髏拍了一張照，傳給時訣。

剛從棺材爬出去，手機又震動。

時訣：『這是什麼？』

徐雲妮回覆：『某古國王子的遺骸。』

她拿到線索，又爬回棺材。

時訣：『妳在玩嗎？』

徐雲妮：『對，在一家密室逃脫。』

她順著鐵鍊爬回遠處，和大二弟弟接著往外走，他沒有再回覆。

密室還剩下大概三分之一的內容，徐雲妮忽然不想玩了，想中途退出，大二弟弟竭力挽留。

「別啊！我們是團隊啊！」

「……」

行吧，徐雲妮就接著玩下去了。

誰讓她是個負責任的小姐姐呢。

大概半個小時後，他們終於查明了墓穴真相，幫助骷髏王子復國成功。

徐雲妮從陰暗的密室走出來，光線刺眼，她先去了趟洗手間，看著鏡子裡的自己，髒兮兮的。

她稍整理了一下，然後回大廳，要了杯咖啡，找個位子坐下休息。

她傳訊息給時訣：『你在幹嘛？』

時訣回覆：『躺著。』

想來也是。

徐雲妮問：『你哪天出院啊？』

時訣：『還有幾天，妳玩完了？』

徐雲妮：『嗯，今天出來逛個街，我給你看樣東西。』

她把之前拍下的那套男裝傳給他，一套黑色提花亞麻布製作的西裝，寬板形，剪裁非常寬鬆。

『你覺得好看嗎？』她問。

時訣回復：『想讓我穿這種？』

徐雲妮又打字：『你喜歡嗎？』

時訣：『還行。』

徐雲妮看著圖片琢磨：『搭件什麼呢？』

時訣：『這種衣服光著穿會比較好看。』

徐雲妮突然笑出來。

他們聊了一下天，時訣說護理師讓他休息了。

昨天陪他半天，徐雲妮知道他這次受傷很傷元氣，現在身體還有發炎，每天又是打點滴，又是吃藥，非常耗神，需要充足睡覺補充體力。

徐雲妮最後問他：『這幾天你要是沒什麼事，我們傳傳訊息？』

過了一下，時訣回覆：『我還能有什麼事。』

徐雲妮頓了頓，放下手機，一手撐著臉，看向窗外發呆……

往後幾天，徐雲妮每天都跟時訣聯絡，有時說說話，有時傳傳圖片。

畢業典禮當天，華衡中學到處掛著鮮豔的橫幅。

學生們先去自己的班級開會，永遠嚴肅的王老師今天依然很嚴肅，站在講臺上，對他們說：「首先祝賀你們高中畢業，這是新的起點，老師希望你們不要忘記在華衡拚搏的日子，將來也要不斷追求進步，要做一個有理想，有擔當的新時代青年。」

班裡活動了一下，然後前往操場，每班輪流拍合影。

拍完後，他們又去了禮堂。

長官和學生代表依序上去發言。

徐雲妮正聽著，後面有人戳戳她，徐雲妮回頭，喬文濤小聲提醒她：「……明天早上九點集合哈，別忘了。」

徐雲妮比了一個OK的手勢。

畢業典禮結束後，學校發了一個袋子給每個人，裡面有很多紀念品。徐雲妮一邊往校外走一邊掏袋子，先拿出一個小牌子，上面寫著「前程似錦」，又拿出一個小旗子，上面寫著「青春不散場，夢想正啟航」，都是祝福語。

她在夏日的微風下轉動著旗子，心想，高中真的結束了。

當天晚上，徐雲妮翻出喬文濤之前傳的聚會行程表，驚訝的發現，他們居然是去動物園。

十幾個人，喬文濤包了一輛中巴車。

動物園門口，徐雲妮看著售票口的價目表，產生疑問，光門票就一百三了，一人交二百夠用嗎？

她詢問喬文濤，喬文濤拍拍胸口。

「沒事！都談好的，我有打折券！」

徐雲妮朝他比了一個大拇指。

「你太厲害了，將來誰娶你過門，好日子就來了。」

「嗯……啊？」喬文濤震驚，「『娶』嗎？」

「哈哈。」

入園後，他們按照指示圖遊玩，先後看了熊貓館、猩猩館、爬行動物館，還有猴山……

路過一個室外館，徐雲妮看到什麼，拿出手機拍。

對方不太配合，徐雲妮不放棄，找各種角度。

她脫隊了，喬文濤過來叫她，徐雲妮讓他們先走，她隨後過去。

經過一陣歪七扭八的姿勢，徐雲妮終於拍到一張她滿意的，傳給時訣。

時訣正看著護理師幫他換藥，手機震動，他拿來一看，徐雲妮傳來一隻毛茸茸的白狐狸，團成一團，趴在樹下，在尾巴蓬鬆的絨毛間，露出兩隻細長的黑眼睛。

不過比起狐狸，時訣更注意的是旁邊玻璃反射的影子。

徐雲妮舉著手機，都快趴地上了。

他打字：『拍個照要這麼拚嗎？』

她應該也發現照片裡的影子，回覆他：『我要把牠拍好看點。』

護理師上好藥後，掛好點滴，時訣只能單手打字，速度比較慢。

『牠要求的？』

她回答：『對，威脅我拍難看了就讓我刪圖片。』

時訣拇指一停，忽然想到什麼，慢慢放下手機，嘴角動了動。

他下垂的眼神微微斜視的神態落在護理師眼中，不由多看了幾眼。

時訣捕捉到她的視線，護理師視線偏開，接著弄藥。

時訣看著自己手上的針管，說：「我什麼時候能好啊？」

護理師安慰他說：「要配合藥物，還要補充營養，關鍵是心態要好，你這麼年輕，會好很快的。」

護理師換完藥離開了，時訣重新拿起手機，把這隻毛茸茸的狐狸存了下來。

接下來的日子裡，徐雲妮就跟趕場一樣，輪番與各個朋友見面。

她跟王泰林他們也吃了幾頓飯，約出來唱了歌，後來王泰林要去公司培訓了，他們就沒再玩了。

又過了一段時間，升學考成績出來了。

跟徐雲妮預估的只差了五分。

徐雲妮查完成績離開房間，告訴等在外面的李恩穎和趙博滿，他們聽完，長舒口氣，三個人擁抱慶祝。

關於志願填報的事，趙博滿本來想問一問，後來被李恩穎拉走了。

李恩穎跟他說：「你不要管這些，她自己會決定的。」

「哦哦，」趙博滿一拍手，「那我們就商量一下畢業旅行的事吧！我預估過兩天手續應該都能下來了。」

李恩穎說：「不急，等她這邊都弄好，小帥還沒回來呢。」

趙博滿：「他馬上了，他就等著玩呢，猴急猴急的！」

又過了幾天，徐雲妮開始填報志願。

她的目標學校，法律系。

在填完志願的那一刻，徐雲妮轉頭看向窗外，陽光明亮而安靜。驀然間，她生出一種感覺，一切都是這麼的順理成章，就好像她的命運軌跡冥冥之中都是既定好的，即使稍稍偏一點，最後也會回到原位。

她發呆之際，手機震動，她收到一張照片。

一隻蝴蝶，落在玻璃窗外，有人點了一根菸，像上香一樣立在茶几上，然後找了一個角度拍照，前後錯位，把蝴蝶架在菸上烤。

畫面裡的陽光，同樣亮晶晶的。

徐雲妮看著圖片裡繚繞的香菸，心想，她至今碰過的所有人，其實都沒太超出她的認知範圍，只有他，像個天外來客一樣。

這是不是她唯一計畫之外的事物？

時訣已經出院了，現在住在崔浩家修養，等著拆石膏。他恢復得還可以，不再需要人貼身照顧。而崔浩跟律師溝通得也差不多了，就回拍攝那邊了，大概三五天回來一次。

徐雲妮最開始得知情況的時候，問時訣一個人可以嗎？他說沒事。

『你怎麼吃飯？』

『自己做。』

『買菜呢？』

『我哥一口氣買一週的放冰箱。』

『那垃圾呢？』

『收拾完放門口，跟鄰居說好了幫忙扔。』

這麼一個多禮拜下來，還真沒什麼狀況。

他自理能力異常強。

徐雲妮看著這「飛蝶烤火」圖，回覆他：『有點殘忍了吧。』

時訣：『這是害蟲。』

徐雲妮跟他解釋：『蝴蝶在幼蟲期是害蟲，啃食作物，但在成蟲期是益蟲，傳播花粉。』

時訣：『這樣嗎？那我不燒牠了，妳在幹嘛呢？』

徐雲妮：『填志願。』

隔了一下，時訣回覆：『妳先弄。』

徐雲妮坐到床上。

『已經填完了，你怎麼又點上菸了？』

『只是點著而已。』

『那距離抽應該也不遠了。』

「……哈哈。」時訣嘴裡叼著菸，笑了兩聲。他懶洋洋地靠在崔浩的單人沙發裡，上半身沒穿衣服，胸口還纏著繃帶，下身穿了一件寬鬆的白色棉麻練功褲，光著腳。

房間沒有開空調，有一點悶熱，時訣看著螢幕裡「已經填完了」那五個字，看了一陣子，拿下菸，在茶几上的菸灰缸裡彈了彈。

他問：『假期準備幹什麼？』

徐雲妮：『出去玩，畢業旅行，全家一起。』

他說：『多拍點照片。』

徐雲妮躺倒在床上。

她又跟他傳了一下訊息，然後漸漸睡著了。

醒來的時候出了一身汗，身上有點黏，窗外的陽光特別刺眼。

她看手機，他們最後對話是——

她問：『你什麼時候拆石膏？』

他回答：『下個月。』

徐雲妮離開臥室，下樓，去冰箱裡拿了一盒雙皮奶，坐到桌邊吃。

這個假期，從時訣主動聯絡她的那一刻到現在，他們就一直這樣傳著訊息，沒有談過什麼深入的內容，只是聊日常生活。

勺子刮開一層薄薄的奶皮，放入口中，涼絲絲的，入口即化。

她從來不問時訣，為什麼都讓她離開了，還要主動聯絡她。她也不問他，要這樣傳訊息到什麼時候才能見面。她感覺他們現在的狀態又達到了一種微妙的平衡，不知道這算是「默契」還是「曖昧」，反正對她來說都是全新的體驗，她暫時還蠻享受的。

徐雲妮吃完雙皮奶，丟掉了盒子。

時間慢慢流逝著。

七月中，時訣拆掉石膏，正式進入復健醫院。

趙明櫟也回來了，全家準備就緒，按照計畫時間，啟程旅行。

大家各有各的去處，各有各的事情幹。

在時訣穿著輔具，咬著牙，忍著疼，在欄杆裡逐漸增加膝關節的活動範圍的時候，徐雲妮一家人正在莫曼斯克的軍港等待上船……

不知不覺中，夏天已經過去一大半了。

# 第十六章 養了一隻貓

時訣不僅去了復健醫院，後期，他也找了一家針灸館。

自己查地方，自己去。

本來早上睡過了，一睜眼睛豔陽高照，時訣有點懶得動，在床上磨蹭了一個多小時，最後還是出門了。結果因為拖拉的這一陣，外面更熱了，搭車路上塞了半個多小時，搞得他頭暈噁心，心情極爛。

到了針灸館，發現在二樓。

天熱到離譜，也不知道為了養生還是省電，針灸館沒開冷氣，時訣右腿膝蓋的護具還沒拆，扶著樓梯，一瘸一拐墊著上到二樓，衣服已經濕了一半了。

他掛了號，等了一下，見到醫生，號脈、領單、繳費……

時訣躺在針灸床上，隔壁是個十一二歲的男孩，聽父母跟別人的談話，好像是吹空調感冒總咳嗽，過來調養一下。

男孩躺在那，爸爸舉著平板電腦讓他看動畫，媽媽在旁邊用扇子輕輕搧風。

時訣扎著針灸，忽然感覺到一絲刺癢。

他抬起頭來，看到自己左腿大腿上停了一隻蚊子，正在那美美吃飯。

時訣動了動腿，它穩如泰山，他想把它趕走，但兩條手臂扎著針，兩條腿也都扎著，像個標本一樣被固定在床上。

他看看中醫館的小護士，正在外面幫一群大爺大媽扎伏天護理針灸，他又躺回去了。

半小時後，針灸結束，護士過來拔針。時訣坐起來，看到剛剛被叮的那處已經鼓了個小包，紅了一塊，十分明顯。

旁邊床的男孩也坐著，正在散汗，兩人面對面，男孩盯著時訣的臉，忽然說：「哥哥，你好帥啊！」

時訣抬眼看他，挑挑眉：「羨慕吧？」

「嗯！」男孩用力點頭。

男孩跟父母一起走了，時訣扶著床邊，慢慢下地。

出了針灸館，他坐在門口的長椅上點了根菸。

那隔壁床的男孩跟母親一同站在路邊的樹蔭下，母親打著遮陽傘，把孩子蓋得嚴嚴實實的。兩人正說笑，一輛車從地下車庫裡開出來，停在旁邊，母子倆上了車。

時訣看著車離去的方向，將菸從嘴裡拿下來。

人的念頭真的會隨著境遇不斷變化，以前看著無感的畫面，現在居然會引起聯想了。

一方面，時訣控制不住地沉浸於這種感受之中，另一方面，他又覺得這突然的轉變真的蠻嚇人的，尤其是他每次從愣神中醒來，發現自己都在想著同一件事的時候，甚至讓他驚出過一身冷汗。

菸灰慢慢變長，口袋裡的手機震動。

他馬上就掏了出來，然後發現，是林妍經紀人傳來的訊息。

『你之前給的兩首 demo 林老師都想要，你這邊什麼時候方便，我想跟你見面聊一聊。』

時訣含著菸，在煙霧之中微微瞇起眼，「呵」了一聲。

他感覺這訊息來得正是時候，讓他清醒清醒，回到現實世界。

兩個多月了，什麼都沒幹，還在這想些亂七八糟的？

他回覆了訊息，然後收起手機。

天氣就像蒸桑拿一樣，陽光把地面照得直反白光，晃亂人眼。時訣深吸一口氣，閉上眼睛，身體沉下去一些，汗水順著脖頸流入衣衫……

而此時此刻，徐雲妮正站在冰天雪地中，與「NORTH 90° POLE」的牌子合影。

這是個神奇的季節，徐雲妮全副武裝，捂得嚴嚴實實，但船上還有人穿著短袖，甚至不少老外專門來這冰泳。

真是什麼人都有。

工作人員用吊具將笨重的工具吊至冰原，船員們在 Franz Josef Land 進行燒烤。

「哎！幹什麼呢！快把小帥喊回來！」趙博滿喊道。

工作人員在危險區域插旗，趙明櫟就跟著這群荷槍實彈的探險隊員一起走。

徐雲妮把他找了回來，他們路過一塊插了旗的區域，是雪地上一塊不到一坪大的湖藍色冰層。

那下面就是四千多公尺深的北冰洋。

徐雲妮看著那抹幽幽的藍，稍微愣神，趙明櫟抓著她的手臂忽然往那一推，然後不到百分之一秒又拉回來。

其實距離挺遠的，但徐雲妮還是嚇了一跳，大叫了一聲。

「哈哈哈哈！」趙明櫟大笑道：「哎，適當找找刺激嘛！」

徐雲妮對著他屁股就是一腳。

這一場趙博滿夢寐以求的北極之旅，開銷甚大，但也玩得很好。一路上，豐富的野生動物，如夢似幻的景色，永恆的寂靜與美麗。徐雲妮坐了直升機，拍了大合影，參加了船長的歡迎酒會，聽了探險隊員和歷史學家講解的關於科學站的故事，以及人類近五個世紀以來對北極點的探索……

至於危險，倒是沒碰到什麼，這是非常成熟的商業旅行，最刺激的就是趙明櫟推她的那個瞬間。

船上沒有訊號，他們過了一段與世隔絕的生活，李恩穎和趙博滿一直在船艙裡寫詩，趙明櫟待不住，參觀船上各種沙龍展……

這一趟滿打滿算玩了二十多天，行程很趕，再晚幾天回去大學報到都要趕不上了。

總結下來，徐雲妮覺得這次旅行自己最大的提升就是攝影技術。

她帶回幾百張精挑細選的照片，打算與人分享。

但其實，進入八月以來，她與時訣的聯絡就沒有之前那麼緊密了。

時訣跟她說，他有些譜曲的工作要做。

一開始徐雲妮還會跟他聊一聊，後來發現他是真的忙了，便減少了聊天頻率。

趙博滿和李恩穎開車送徐雲妮去大學，一路自駕，遊山玩水。

他們去了幾個古城，爬了幾座名山，又參觀了好幾處博物館。

最終，趕在報到期最後一天，來到大學。

徐雲妮順利報到，搬入宿舍。

李恩穎和趙博滿在這座城市留了幾天，徐雲妮跟他們一起將本市深度遊玩一遍，然後這二位終於要回家了。

李恩穎千叮嚀萬囑咐，有事一定要聯絡家裡。

「要不然我們再住幾天吧……」趙博滿說。

「別了，馬上開學了。」徐雲妮說：「放心，我會常聯絡你們的，你們回程要注意安全。」

徐雲妮一直把他們送到離高速路口最近的地鐵站，然後坐地鐵回市區。

家人在身邊的時候注意力總是無法集中，現在剩徐雲妮一個人了，走在校園裡，看著寬闊的景觀大道，茂盛的花草樹木，和來來往往的學生，這才慢慢生出了真實感……

她的大學生活正式開始了。

徐雲妮的宿舍是四人間，但只住了三個人，她的兩個室友，一位叫陶雨，外貌纖細，人前話少，熟了後就成了話癆。另一位叫聶恩貝，大高個，短頭髮，大大咧咧的，愛好是動漫遊戲和聊八卦，兩人跟徐雲妮一樣，都是從外地考來的。

入住宿舍第一天，聶恩貝提議，大家出去聚餐，熟悉一下。

由她帶隊，她們前往一家燒烤店，一邊吃著飯，一邊聊天，關於科系，還有接下來的軍訓。

大夥還一起展望了大學生活和未來目標。

聶恩貝說：「我對法律其實沒什麼興趣，我的目標是當教師混社會，省下時間自己玩。」她看向陶雨，「妳呢？」

陶雨忙著往嘴裡塞肉，說：「……唔，賺錢。」

「簡明扼要。」聶恩貝又看向徐雲妮，徐雲妮剪斷烤盤上的長條五花肉，撥到陶雨那邊，說：「我應該會考公務員吧。」

「現在就決定了？」聶恩貝評道：「少走十年彎路，跟我一樣的聰明人，來吧，我們幾個碰一杯，希望畢業之時，我們都能心想事成。」

晚上，徐雲妮洗漱完，躺在宿舍床上。

她拿出手機看了一眼，然後放到一旁。

接下來就是被爐火炙烤的兩週軍訓。

今年不知道怎麼了，都入秋了，還熱得要命，一場軍訓下來，徐雲妮被曬得通紅，脖子上下完全是兩個人種。

有時候教官也熱得受不了，讓他們走幾輪正步，就到一旁樹蔭下休息。

徐雲妮去買了幾瓶冰水，回來分給陶雨和聶恩貝，她們兩人都看著同個方向。隔壁法學二班的正在起鬨，好像是有個男生偷買了零食，想送某位女同學，那女同學微捂著嘴，笑得陽光明媚。

午休吃飯的時候她們討論，聶恩貝說她們上午看到的那個女生是本屆的系花。

一個女生端著飯菜坐到一旁，徐雲妮見了，清清嗓子。

陶雨：「誰封的？」

聶恩貝：「都那麼說。」

徐雲妮又輕咳一聲。

聶恩貝依然沒在意：「但我覺得普通，我對這種女明星式人物敬謝不敏，她哪班的事都跟著參與，昨天跟我們教官聊一下，居然把我們常用的蔭涼地占了。」

陶雨頓時道：「我就說今天怎麼換地方休息了，搞笑呢嘛，我們教官耳根子也太淺了。」

後來，從學生餐廳回宿舍的路上，徐雲妮告訴聶恩貝和陶雨：「剛才旁邊吃飯那女生跟顧茗清是同個宿舍的。」

聶恩貝：「顧茗清是誰？」

徐雲妮：「系花啊，妳們不知道她叫什麼？」

聶恩貝不以為然：「我管她叫什麼，我又不打算認識她。」

陶雨似乎也是這樣想的。

徐雲妮一開始也沒把這當個事看，不過後來，她發現事情好像沒那麼簡單。

因為她跟顧茗清碰上了。

她與顧茗清正式見面是在法學院大一新生迎新活動中，她們都入選為學生會幹部。然後，在進一步的組長競選中，徐雲妮輸給了顧茗清，而且票數大幅度落後。

徐雲妮坐在一旁，看著顧茗清在臺上發表演講。

不得不說，顧茗清長相明豔優越，口條清晰，演講亢奮又激情，的確很有優勢。

「……感謝各位對我的信任，我一定再接再厲，發揚我們法學院的優良傳統，在自己的崗位上擔起責任，堅定不移為同學們服務，促進學生會的全面發展！」

顧茗清在掌聲中下了臺，走過來，徐雲妮主動跟她打了招呼，她點點頭。
徐雲妮不由想到，之前她們在背後說閒話的事，有沒有被顧茗清的室友傳達給她呢？她不清楚，不過她明顯能感覺出顧茗清對她的些許冷淡。
這種冷淡在之後的工作中，更能體會了。
徐雲妮的職責範圍是祕書處兼舍務，顧組長把最麻煩的工作都安排給她，負責所有的例會和考勤的內容記錄、文件整理、工作彙報，還有查寢等等……
聶恩貝聽說此事，憤憤不平。
「別幹了！才剛開始就這樣，將來妳還不被她折騰死！妳跟我一起參加社團吧，好好享受大學生活，學生會有什麼意思，成天勾心鬥角。」
徐雲妮說：「我考慮考慮吧。」
然後就進洗手間洗澡去了。
聶恩貝看向陶雨，後者正在寫日記。
她問：「妳說她會退嗎？」
陶雨：「不會吧。」
聶恩貝想了想：「我覺得也是，這可是沒開學就立志考公職的人，根本離不開組織，讓她去跟顧茗清鬥吧。」
不過，出乎聶恩貝的預料，徐雲妮跟顧茗清根本沒鬥起來。

因為徐雲妮很快就服軟了。

她全方位向顧茗清交槍了。

她完全配合著上頭的工作，讓幹什麼就幹什麼，經常耽誤自己的自習和休息時間，去完成顧組長安排的那些有的沒的的任務，主要是態度還特別好，完全看不出一點不滿。

對此，陶雨感慨：「徐雲妮，妳真是天選牛馬。」

「還好吧，」徐雲妮倒沒覺得什麼，她洗完澡，出來擦擦頭髮，「正好我這段時間需要忙一點，分分心。」

聶恩貝問：「妳需要分什麼心？」

徐雲妮把毛巾掛起來，看到桌上放著的手機，靜了一下，說：「我之前餵了一隻貓，牠受傷了來我這養著，好了就跑沒影了。」

「啊？」聶恩貝沒想過這個理由，哈哈兩聲，「妳被騙感情了啊。」

徐雲妮把毛巾掛起來，笑道：「倒也不至於，還在磨合吧。」

# 第十七章 他來了

生活一天天繼續著。

徐雲妮感覺，這間宿舍裡的三個人，性格愛好相差挺多的。

她是一頭扎進了學生會的政務工作裡，而聶恩貝則參加了不少社團，陶雨什麼都沒參加，除了讀書，經常往校外跑。

徐雲妮在聽說聶恩貝還加入了音樂社團的時候，問了一句：「你們音樂社都幹什麼？」

「嗯？妳感興趣嗎？」聶恩貝說：「今天下午我們有活動，妳來看看唄。」

徐雲妮下午就跟著她一起去了。

結果，她居然在活動室見到了熟人。

聶恩貝幫她介紹社團的團長，一名大三的學長，叫黎傑，是學應用數學的。

徐雲妮對黎傑說：「真巧啊。」

黎傑看看她：「嗯？」

「你不記得我了？」徐雲妮跟他開了個玩笑，「學長，我還抱過你呢。」

音樂社全員震驚：「啊——？」

黎傑瞪大眼睛：「這、這話不能亂說吧！」

徐雲妮幫他回憶：「《樓蘭探祕》，三缺一。」

黎傑還盯著她的臉，三五秒後，大叫一聲：「啊！是妳！妳怎麼這麼黑了？」

徐雲妮：「……」

聶恩貝轉頭看看徐雲妮，說：「她不是一直這個膚色嗎？」

黎傑說：「不是啊，之前我去外地找朋友玩，碰到她，比現在白一點。」

聶恩貝笑著向他比大拇指：「真會說話啊，團長。」

黎傑反應過來，說：「啊！不、不是，我不是那個意思……」

徐雲妮說：「沒事，我是黑了不少。」

經過一趟北極之旅加上連續幾週的國內遊玩和軍訓，她確實已經達到歷史最深膚色了。

聶恩貝安慰她：「多捂一捂，能緩過來。」

黎傑帶她參觀活動室，為了彌補剛才的低情商對她造成的傷害，黎傑的介紹極盡詳細。

「我們每週都有活動，安排音樂賞析、樂器培訓，還會定期邀請專業人士來進行講座。我們還有樂隊選拔，如果技巧可以的話，加入樂隊每週都有演出機會……」

徐雲妮走了一圈，看到有人在聽歌，還有幾個人在排練。

黎傑問她：「有興趣嗎？」

徐雲妮說：「我考慮一下。」

但最終，徐雲妮還是沒有參加。

光是課業加上學生會的事，已經占據她所有時間了。

就這麼忙著忙著，秋意漸濃，氣溫慢慢降下來了。

寢室三人的日程有時差，經常沒辦法一起約吃飯，陶雨出門是最早的，而徐雲妮回來是最晚的。她每天晚上查寢結束，回到寢室，聶恩貝和陶雨都會逗她一句：「徐幹事下班啦？」

徐雲妮回應她們：「下班了。」

只有睡前，三個人躺在床上，能稍微聊聊八卦。

某一天晚上，聶恩貝跟她講，黎傑想對顧茗清表白。

徐雲妮有點驚訝：「是嗎？他們認識嗎？」

聶恩貝：「黎傑上個月在操場碰到顧茗清，驚為天人，醞釀了一個多月想要表白。肯定沒戲，顧茗清就差把野心兩個字寫臉上了，能看上他？」

又過了兩天，徐雲妮正在學生會辦公室做會議總結記錄，黎傑來了，說想找顧茗清。

有了之前聶恩貝的打底，徐雲妮明白他的意思，跟他說：「組長馬上回來了，你要不要在這等一下？」

黎傑點點頭，有點害羞，臉上發紅。

徐雲妮看得有趣，都大三了還這樣。

他紅臉的模樣突然讓徐雲妮幻視起蔣銳，一時心軟，她看時間差不多了，起身說：「我去個洗手間。」

她在走廊盡頭轉角處待了一下，看著顧茗清進去，然後又過了一下，黎傑出來了，低著頭離去的。

徐雲妮回到辦公室，顧茗清正在整理東西，徐雲妮坐下接著寫報告。

「妳剛才故意走的吧？」

徐雲妮停筆，看向顧茗清。

顧茗清整理完，單肩背包，說道：「下次別幹多餘的事。」

徐雲妮說：「好。」

徐雲妮做好報告後，把辦公室打掃了一下，然後鎖門離去。

回寢室的時候，午休還沒過，聶恩貝正在打遊戲，陶雨在床上睡覺。

聶恩貝眼睛不離電腦，問：「我們團長是不是夢斷行政大樓了？」

「嗯？」徐雲妮說：「妳知道他去找顧茗清了？」

聶恩貝：「是啊。」

徐雲妮坐到桌旁，說：「失敗了。」

聶恩貝：「就說沒戲，他還非要去試。」

這時，躺在上鋪的陶雨忽然開口，說：「她可能不瞭解黎傑。」

徐雲妮抬頭看：「黎傑怎麼了？」

陶雨說：「妳們知道顧茗清一直聊的那幾個男生吧？其實他們條件都沒黎傑好。」

「條件？」聶恩貝說：「我們團長有什麼條件啊？身高也就一百七吧，精瘦精瘦的，感覺都吃不住我一拳。」

「妳收住手，」陶雨說：「他爸的公司是本省納稅十強企業，媽媽是校董事，妳這拳出去事就大了。」

「……啊？」聶恩貝聽得遊戲都不打了，回頭一聲，「真的假的？妳怎麼知道的？」

陶雨說：「我在打工的地方聽到的。」

聶恩貝接著問：「妳在哪打工啊？」

陶雨：「LAPENA。」

聶恩貝皺眉：「L……LA 什麼？」

陶雨：「LAPENA，一家酒吧，就在我們學校前面那條街，妳沒深入樂團活動吧，黎傑偶爾會帶社團的人去那表演。」

聶恩貝承認道：「哦，我去音樂社主要是幫 Coser 借道具的。」

陶雨說：「酒吧老闆有聊過，我們學校音樂社團的樂器都是黎傑家裡捐贈的。」

「靠！」聶恩貝震驚道：「那團長也太低調了吧，完全看不出來啊！」說著，她有點好事地笑起來，「哎，妳們說顧女神知道這事後，會不會後悔？」

徐雲妮沒說話。

靜了一下，陶雨說：「誰知道。」

又聊了一下，陶雨打了個哈欠，翻身準備睡覺。她感覺陽光有點刺眼，又懶得下床，正猶豫之際，房間忽然暗了下來。

徐雲妮去窗臺前拉上窗簾。

陶雨腦袋抬起來，在床上說了句：「謝啦。」

徐雲妮：「妳睡吧。」

陶雨白天總補覺的原因是，睡眠不太夠，她一共打了三份工，一個是家教，一個商場導購，這兩個都在週末進行，還有一個就是LAPENA，這是最累的，她經常要起大早，幫昨晚通宵的人打掃。

但她一直堅持，因為這裡給的薪水最高。

陶雨這一覺有點睡過了，是被人輕輕拍醒的。

「陶雨、陶雨……」

她睜開眼，徐雲妮扒著床邊緣，對她說：「時間到了，快上課了。」

「嗯，」陶雨坐起來，「聶恩貝呢？」

「她已經走了。」徐雲妮回桌邊拿東西，「哦，對了，我有件事跟妳說一下。」

陶雨打著哈欠，擦擦眼屎：「……什麼啊？」

徐雲妮：「我剛拿到通知，現在有些空缺職位下到我們這了，我們自己人先看看，妳有感興趣的嗎？」

她將一張表格遞過來。

陶雨低頭，看看表格。

她心說，徐雲妮的用詞真是有夠小心的，維護著她的尊嚴，連「勤工儉學」四個字都沒有說出來。

徐雲妮：「規定是每週工作時間不超過八小時，偶爾肯定會超時，但整體還是很輕鬆的。」

應該是特地整理出來的，是看她太早出門了？還專門等聶恩貝走了之後才問。

陶雨轉頭看看徐雲妮。

她的眉毛濃長，黑眼仁很大，看人的時候有種凝聚感。

開學時，陶雨對徐雲妮的第一印象很簡單，就是一個性格穩重的女生。徐雲妮從沒有誇張的情緒表達，永遠梳著整齊的低馬尾，永遠素面朝天，她第一眼看起來可能沒那麼搶眼，但越是接觸下來，越能感覺到她的好，她的聰慧不像顧茗清那麼尖銳張揚，而是堅定持久，細水長流。

漸漸的，陶雨比較喜歡跟她走在一起，偶爾會找她說些心裡話，甚至還跟她吐槽過聶恩貝打遊戲聲音太吵，完全不擔心徐雲妮會把話外傳。

陶雨把表格還回去，說：「沒事，我在外面的工作也不累。」

「好，」徐雲妮接過，「那妳有需要再跟我說。」她回去桌邊，裝好書本，準備去上課了。

「徐雲妮。」陶雨叫住她。

徐雲妮：「嗯？」

陶雨看著她，認真地說：「我一直計畫著不婚不育不戀愛的，但如果妳是男人，我一定倒追妳。」

徐雲妮聽得哭笑不得：「妳快下來吧，再不走要遲到了。」

陶雨從床上翻下去，跟徐雲妮一起去教學大樓，路上還在說：「我跟妳表白妳怎麼不回應呢？」

徐雲妮說：「謝謝，但妳不是我喜歡的類型。」

陶雨「咕」了一聲：「妳喜歡什麼類型？老幹部配老幹部啊？」

曾經，徐雲妮也是這樣想的。

「刻板印象不可取，」她說：「我喜歡孤高不羈的大美人。」

陶雨：「呀，還大美人，妳該不會是想跟聶恩貝一樣每天抱著二次元抱枕入睡吧？」

徐雲妮靜了兩秒，然後「呵」了一聲：「說不定真會淪落到這種田地。」

陶雨：「哈哈！」

時間流逝，秋意愈濃，校園裡本就不富裕的花草，更加凋零了。

陶雨依然打著工，堅持著每週四天去LAPENA。

這天，她還是起了個大早。

出門的時候，兩個室友都在夢鄉之中。

今天天氣不算好，一早有大霧，還帶著點霾。

現在早晚溫度已經很涼了。

陶雨打了個哈欠，拉高衣服的領子，出了學校大門，順著街道一直向前走。

當她過了一條馬路，轉進小路，看到遠處兩個人。

其中一個女生是酒吧的工作人員，也是老闆的外甥女，店裡都叫她薇薇。

她此時正抱著手臂，在跟一個人說話。

那人靠在一旁。

是昨晚通宵喝多的人，在這醒酒？

陶雨走近了，感覺霧氣無形中增加了人的神祕感，那道黑色影子像帶著吸力似的。

她漸漸聽到對話……

「……我沒帶鑰匙，等等有領班來開門，我是回來取東西的。」

「你們老闆在嗎？」

「現在肯定不在啊，不過也有可能來，你有什麼事嗎？」

「沒什麼，問問樓上公寓出租的事。」

「你別在這乾等了啦，我小舅不一定來的，而且店裡白天不營業。」

跟那人的聲音比起來，薇薇的嗓門就像菜市場裡賣魚的。

陶雨走過去，薇薇注意到她，打招呼：「來啦。」

陶雨：「薇薇姐早。」

她們打了招呼，陶雨就站到一旁了。薇薇性格爽朗，但陶雨與她其實並不熟悉，在燈紅酒綠的 LAPENA 中，陶雨只是個不起眼的打掃人員。

陶雨的餘光打量著旁邊那個人。

他穿著一身黑色，一手插在口袋裡，一手夾著菸，非常放鬆，閒閒散散地靠在路邊的圍欄上。

他問薇薇：「等等我能進去嗎？」

「說了白天不營業，趙姐很嚴的，不會讓你進的啦。」

「老闆不是妳舅舅嗎？幫忙說說話。」

「哈哈，想走後門啊？要不然你加我好友吧，你晚點來，我小舅說不定會幫你打折呢，說真的，我們駐場的帥哥都不如你。」

「真的？」

「騙你的。」

那人笑了。

薇薇在他的笑裡漸漸移開視線，又說：「哎，開個玩笑。」

他的菸又放入口中，淡淡道：「讓我進去休息一下，我剛到這邊，沒地方去呢。」

薇薇抱著手臂，說：「行吧，那等等我幫你問下趙姐。」

陶雨對時訣的第一印象，由很多元素組成——濃濃的霧氣、縈繞的香菸、凌厲的剪影、輕飄飄的聲音……還有霧霾、塵土、廢氣混合的氣味。

他周身都是黑色的，只有露出的皮膚白到發冷。

他腳邊放著一個黑色的行李袋，身旁立著一把琴。

最終，如其所願，這人成功進了店裡。

其實也沒什麼波折，領班趙姐來了後，薇薇說了句：「他要找小舅，問樓上公寓出租的事。小舅今早來嗎？」

「他可能會過來一下看一眼，」趙姐打量時訣一輪，然後就說：「你進來坐一下吧。」

趙姐平時很嚴格，連杯子擺歪了都要罵人，非工作時間誰也不能進店。

陶雨心想，長得好真是為所欲為。

他們進了店，陶雨直接去工作，趙姐去屋裡拿東西。

薇薇帶著那人挑了個靠邊的沙發坐下，薇薇靠在一旁，跟他說話。

「你從什麼地方來的？」

他看著手機，好像在查什麼，說了一座城市。

薇薇說：「來這邊幹嘛？」

他說：「美女，給口水唄。」

薇薇：「叫誰美女呢，我不叫美女好吧？」

他抬眼看她：「那妳想讓我叫妳什麼？」

白天酒吧沒有開燈，裡面略顯黯淡，他疊著腿坐著，面龐呈現啞光的潔白。一點點亮光反射在他耳垂那一對簡單的素環上，居然有種怪異的華麗感。

薇薇稍稍一愣，然後有點無語的樣子：「誰想讓你叫了，就是讓你別亂叫……」

「行，」他又說：「有水嗎？」

薇薇撇了下嘴，最終還是去拿水給他了。

陶雨在櫃檯裡幹著活，感覺這男生雖然句句有回應，但說的話，就像水中浮萍，飄飄搖搖的。只是那淺淡的嗓音，清晰的吐字，又是客觀意義上的非常好聽。

過了一下，門又開了。

進來一位三十幾歲的男人，戴著一副眼鏡，穿著寬鬆的襯衫和褲子，中等身材，稍有點發福，衣服下隱隱露出點肚子的形狀。

他頭髮有點亂，一臉疲態，打著哈欠要往裡面走。

這是LAPENA的老闆羅克。

陶雨跟他打了招呼，羅克「嗯嗯」兩聲，睡眼惺忪就要往後面去。

「小舅！」

羅克轉過頭，抬抬手，然後腳步停住了。

他才發現店裡有個陌生人。

那人站起身，走過來。

陶雨感覺，隨著那人走近，羅老闆好像去了層睡意似的，身子稍微站直了點。

他走到羅克面前。

羅克：「你是……」

他說：「老闆，耽誤您幾分鐘，我想問點事。」

薇薇也跟著過來。

羅克問：「什麼事？」

薇薇搶話道：「他想租房子！」

羅克：「……租房？」

「是這樣，」那人解釋說：「我從外地來，想租這樓上的公寓，我之前聯絡了房屋仲介，說都租出去了，還剩下幾間房子，都是樓下酒吧自持的。」

羅克說：「對，是我們的。」

他問：「現在房子都在用嗎？能對外出租嗎？」

羅克說：「我們不出租的，那是我們的庫房。」

薇薇說：「小舅，也沒都放東西吧。」

「嘖，」羅克看看她，「妳都多長時間沒去過了。」

薇薇做個鬼臉：「哦……」

「好吧，」那人說：「那不好意思，打擾了。」他也沒強求，說完就回去沙發旁，拿了東西要走了。

羅克的視線一直跟著他，看到他背起琴的時候，眼睛微微瞇起。

他仔細看了看，忽然又說：「哎，帥哥，你等等。」

那人轉身，羅老闆示意了一下，「你也彈琴啊？」

「嗯。」

羅克看看琴的形狀，問：「彈古典的嗎？」

酒吧深處的演出臺上，有鼓和譜架，周圍還擺了不少器械。

陶雨感覺那人應該也注意到了這酒吧的 live 屬性，他笑著說：「古典民謠，吉他、貝斯、鍵盤，都行。」

「喲，真假？」羅克也笑了，「你從哪來啊，到這邊幹嘛？你不著急我們坐下聊聊。」
羅克拉開吧檯椅，那人過來坐下。
薇薇也坐到羅克身旁。
他們在空蕩蕩的酒吧裡說著話。
「你怎麼想租這樓上的房子？要租多久？」
「這裡位置方便一點，我不是一直都在這邊，但應該每個月都會來，想找個穩定點的地方。」他坐在椅子上，靠著吧檯，「抽菸行嗎？」
「你抽，我這有菸，用嗎？」
「不用。」
那人點了根菸，然後朝後面揚揚頭，說：「你這店有演出啊？」
羅克：「有啊，你琴彈得怎麼樣？」
那人笑了笑，咬著菸，把吉他拿了出來，說：「交流一下。」
然後，他就那麼抽著菸，彈了一首曲子。
一串優美的音符傾瀉而出，聲音不像陶雨平時在店裡聽的吉他那麼清脆明亮，而是一種柔和飽滿的聲音，細膩渾厚。
薇薇趴在吧檯上，低聲說：「……這輪指絕了。」
羅克聽著，也點了根菸。

陶雨遞了個菸灰缸，羅老闆都沒看到，直直盯著對面人翻動的手指。

其實，這男生不是羅克見過古典吉他技術最好的人，但是他的演奏非常有味道，成熟老練，有一套自己的風格，能把古典吉他那種嚴謹複雜的結構表達得相當有層次。

一個專業的人。

還長成這樣。

他一曲彈完，把琴遞給羅克。

「哎……別了，」羅克笑道：「我就算了。」

他就把琴放到一旁。

羅克想了想，問：「怎麼稱呼啊？」

他說：「我叫時訣。」

「啊，你來這邊忙嗎？有興趣來演幾場嗎？你唱歌怎麼樣？」

「演可以，但我不唱。我可以幫你熱場，伴奏也行。」

「價格呢？」

「都好說，」時訣菸抽完，撚滅在菸灰缸中，「但是老闆，你要抽間房子租給我。」

他們又細聊了一下，最終達成了共識。

羅克租給他一間一室的小公寓，一個月收八百，然後他要保證每個月在酒吧的演奏時間七小時以上。

時訣覺得自己賠了。

但也沒什麼所謂。

羅克打電話叫來一個男生，叫小洋，也是店裡的員工。薇薇帶上小洋和陶雨，還有時訣，一起去了後面公寓。

公寓很舊，物業應該也不怎麼管理，到處都是明顯的浮灰。

他們上了七樓，最裡面的一間房。

薇薇開了門。

這屋子非常小，大概只有十幾坪，進門左手邊是爐灶，公寓沒有天然氣，只能使用電磁爐，右邊就是洗手間，屋裡有一張床，一張桌子，連衣櫃都沒有，電器只有一臺小冰箱，一臺空調，和一臺滾筒洗衣機。

屋裡堆了不少貨物，薇薇讓小洋搬到另外的房子裡，然後陶雨開始打掃。

時訣走進屋子，把包和琴放好。

薇薇跟他介紹了一下電器使用，然後把鑰匙給他。

「你先休息一下吧，下午拿合約給你。」

時訣接過：「好。」

薇薇又說了幾句走了。

陶雨打掃完也走了。

屋裡只剩下時訣。

房子不大，卻有個小陽臺，一圈都是窗戶，視野很好。

他來到窗邊，開了一扇窗，清晨的風吹來，仍帶著潮濕的塵土氣息。

這公寓其實很老了，各方面條件都很普通，就是這位置太適合了。公寓臨街，馬路對面就是大學校園，直線距離也就一百多公尺，隨著太陽升起，霧氣漸散，視野無遮無擋，清晰開闊。

他看了一下，坐到床邊，向後躺倒在床墊子上。

這屋子裡還缺很多東西，也還很髒，只是他現在太累，有點懶得動。

他腦子裡細細過了一遍需要買的東西，然後再次確定了一下前段時間安排好的事，《舞動青春》的收尾工作；林妍的兩首歌曲修改；公司的賠償官司；ＳＤ那邊的課程安排；跟華都請的長假；還有幫吳月祁臨時找的家政鐘點工……

在這待滿一週應該沒問題。

想著想著，時訣打了個哈欠，朦朦朧朧間，腦子裡又浮現出剛剛在窗邊看到的，大學校園座落在晨霧中的畫面，他眼皮漸沉，最後居然直接睡著了。

他這一覺直接補到了下午，被窗外的喇叭聲吵醒。

時訣睜開眼，坐起身，感覺膝蓋內側隱隱作痛，他抬起腿，伸直，又收回。

骨折已經恢復得差不多了，但是偶爾還是會有一些痛感。

時訣醒了下神，然後去洗手間洗臉，直接出門。

他搜尋了附近的購物中心，先去吃飯，然後買了點基礎用品，回公寓附近的便利商店，扛了一箱飲用水上樓。

這麼一番折騰下來，天都黑了。

時訣去了店裡。

LAPENA下午四點開門，一直營業到凌晨四點，現在是人不多不少的時候，演出臺上還空著。

時訣找到趙姐，把租房合約簽了，然後協商演出時間。

「明天開始吧，要麼早點要麼晚點。」時訣說：「下午四點，或者後半夜兩三點。」

薇薇在旁說：「黃金時間是八點到十二點，後半夜勉強湊合，四點基本沒什麼人的。」

時訣把租房合約折起來，隨口道：「沒人就妳聽唄。」

薇薇眼睛翻開：「誰要聽，別撩了，油死了。」

他笑道：「對不起啊，」他把合約塞口袋裡，又跟趙姐說：「我先走了，晚點回來。」

趙姐點點頭。

時訣就離開了。

薇薇先是做著自己的事，然後不經意間又回頭看了一眼。

趙姐一邊理帳一邊說：「別看了，有女朋友。」

薇薇扭頭：「有啊？看起來玩很開欸。」
趙姐確定：「有。」
薇薇趴著櫃檯滑過來：「妳怎麼知道的？」
趙姐：「聊到了啊，他來這邊是陪讀的，女朋友就在旁邊大學。」
「哦，怪不得租這，」薇薇想想，翻了一眼，「無聊……」

時訣回到公寓，歇了一下，然後開始收拾新買來的東西。
此時，徐雲妮正和陶雨在學生餐廳吃飯。
「我們店可能要紅了。」陶雨說。
徐雲妮：「妳今天已經說了四遍了。」
「真的。」陶雨說：「來了個臺柱，不是開玩笑的。」
「嗯。」
徐雲妮沒細聽，她一邊吃東西一邊用手機回覆訊息。
有間寢室兩個人吵起來了，一個人說另一個人偷用她化妝品，要報警，徐雲妮好說歹說把報警攔下來了，但人家又要換寢。輔導員今天正好請假了，落到徐雲妮手上處理，兩邊各執一詞，都在瘋狂傳訊息轟炸她。
陶雨：「哪天他演出我帶妳和聶恩貝去看看。」她擺擺手，「我不是看臉的人，但他長得真跟聶恩貝那二次元抱枕差不多。」

「嗯。」

「主要是演奏超帥，聶恩貝不是音樂社團的嗎？」

徐雲妮盯著螢幕，說道：「陶雨啊……」

「嗯？」

「我們好好讀書，別被腐蝕了。」

「過過眼癮也叫被腐蝕啊，那妳還說喜歡大美人呢。」陶雨反駁著，「名字也取得挺特別的，叫什麼……」她稍作回憶，「什麼視覺？……時訣？」

來不及思考，光聽名字，徐雲妮打字的手反射性一抽。

學生餐廳那麼吵，手機裡更吵，徐雲妮本來已經一個頭兩個大，在身體本能的顫動之後，她的後腦勺像是要炸開了一樣，雞皮疙瘩都起來了。

徐雲妮抬起眼，盯著陶雨，問：「什麼？叫什麼？」

陶雨說：「時訣？不知道哪兩個字，發音是這樣的，怎麼了？」

徐雲妮大腦白了幾秒，然後退到聊天軟體首頁查看……

是她錯過什麼了？

時訣已經被推到很下面了。

距離上次聯絡已經過去大半個月。

那時她例行問問他情況，他說譜曲的工作差不多要結束了，接下來要安排SD那邊的事，她說了聲好，然後就沒有後續了。

……陶雨早上回來的時候就說了這件事，說他們店來了個人，她還說什麼？

徐雲妮的思緒從沒像現在轉得這麼快，在最短的時間裡摘取了最重要的資訊。

「妳說這人租你們酒吧樓上的房子了？位置在哪？」

飯吃一半，不想吃了。

徐雲妮問好地點後，對那兩位吵得不可開交的同學各傳了一句——『情況已知曉，我們還要瞭解一下其他寢室的空位情況，後續請等通知。』

然後她收起手機，深吸一口氣。

陶雨看得不明所以，問：「怎麼了？」

徐雲妮：「沒什麼，我去處理點事情，妳先吃。」

陶雨以為她又要去忙學生會的事，「哦」了一聲，接著啃雞腿。

徐雲妮離開學生餐廳，踏著深秋的小路，往校門的方向走。

腳步越走越快，最後甚至小跑了起來。

真是以景襯情，她感覺兩邊的樹木都被風吹得搖曳起舞。

但其實今晚根本沒風……

風都吹在心裡。

這四個月來，徐雲妮一直努力克制著不去分心的事情，現在好像終於可以開始想了。

他說話算話。

雖然慢了一點，但還是說來就來了。

……其實也不算很慢吧，她還幫他說話，做了手術，要差不多半年的時間恢復。

他還租了房子……為什麼要租房？租多久？要常住在這嗎？那重讀呢？他媽媽呢？舞社那邊呢？

之前什麼都不想，現在又一瞬間想太多，結果還是什麼成果都沒有。

因為距離近，轉眼間徐雲妮已經到了公寓樓下。

酒吧正是營業尖峰期。

這家 LAPENA 徐雲妮之前就知道，一來是陶雨在這打工，二來是徐雲妮在學生會的工作要去查寢，不少晚歸的人都是來這玩。

她先進了店裡。

這酒吧規模不小，場地寬敞，有點工業風，燈光效果整體是幽藍色的，像在海底一樣，臺上有樂隊正在演出，徐雲妮打眼一瞧，居然是黎傑他們。

黎傑是打鼓的，還有三個學哥學姐，有的彈吉他，有的彈鍵盤，還有人在操作電腦，非常投入。

不過他們的表演跟徐雲妮印象中的酒吧樂隊不太一樣，沒有人唱歌，就是樂器演奏，還有些電子音，聽不出旋律，奇奇怪怪，零零碎碎，而且時間非常長。

徐雲妮在這種聽不大懂的音樂聲中，環視酒吧，看了兩圈，沒有發現時訣，就走了。

她進了後面公寓，坐電梯到七樓。

這棟公寓設施很陳舊，電梯停下時晃動感很強，走廊燈也不亮，一層有大概七八戶，各家門口都堆著點東西，看起來有些雜亂。

徐雲妮來到陶雨所說的最東邊的房間，黑色的鐵門，上面貼著不少小廣告。

她有些不確定，四下看看，然後忽然發現門口的矮鞋架上，有一雙帆布鞋。

微弱的燈光下，鞋帶解開著，白色的帶子軟軟地散在深藍色的鞋面上。

徐雲妮從來沒想過，自己有一天，會對著一雙鞋發呆這麼久。

她深吸一口氣，敲響門。

隱隱聽到有人走來的聲音，然後門開了。

時訣正在收拾房間，他以為是酒吧的人來跟他談事情，也沒問是誰就開了門。

然後就停在那了。

徐雲妮看著時訣，他穿著淺藍色的休閒襯衫和黑色的褲子，扣子依舊沒有扣到頂，袖子挽到小臂，領口散開著。

徐雲妮來不及對比他與上次分別時的變化，也來不及欣賞他詫異到呆住的表情。

在時訣出現在她視野裡的瞬間，徐雲妮的身心先是湧出一種感覺，然後腦子裡又冒出一句用來解釋這種感覺的話。那是她國中玩QQ空間時看到的——人有三樣東西是無法掩飾的，那就是咳嗽、貧窮，和愛。

這認知讓徐雲妮微微恍惚。

那顆從聽到他名字起就按捺不住的心，奇跡般地平復了。

徐雲妮感覺自己聞到一股香氣，不是從他身上傳來的，而是在腦子裡自動形成的。

只有在他出現的時候，她才能聞到這種香。

她好想擁抱他。

但她忍住了。

徐雲妮覺得久久不見，不好這麼突如其來，他現在有點被嚇到的樣子。

「不是……」時訣張著嘴，看看左，看看右。

雖然時訣經常說，徐雲妮總從莫名其妙的地方冒出來，但其實之前幾次的情況他還能理解，尚有跡可循，這次是真的有點恐怖了。

陌生的城市，老舊的公寓，寧靜的走廊，突然出現的女人。

她說：「班長，來了怎麼不通知一聲？」

「不是，妳等等。」時訣舉起手臂，身體還往後躲了躲，與她保持距離。

三秒後，他詭異地來了句：「……妳是人吧？」

徐雲妮：？

始料未及的開場白。

徐雲妮說：「四個多月沒見面，見面就問我是不是人？」

時訣依然盯著她：「妳怎麼會在這？」

徐雲妮稍微歪過頭，說：「你進入我的領地範圍了，不知道嗎？這片區域發生的所有事都逃不過我的監視。」

顯然，他還是不信，龐大的軀體，仍維持著後傾的姿勢。

……蠻可愛的，徐雲妮心想。

片刻，她終於說：「我同學在樓下酒吧打工，說今天店裡來個男生，長得特別帥，彈琴又好聽，我聽她那個描述就有點預感，仔細一問，果然是你。」

他眼睛微瞇。

徐雲妮：「班長，我們好像有心電感應呢。」

他動了動，盯她半晌，漸漸回過神。

徐雲妮往屋裡看看，說：「方便進去嗎？」

他也回頭看看房間，然後讓開身子：「有點亂。」

徐雲妮又問：「要換鞋嗎？」

時訣：「不用。」

徐雲妮走進房間，確實很亂，他應該正在清潔，一個新買的拖把立在桌旁，牆邊還堆著幾個袋子，裡面裝著衛生紙、清潔用品、洗浴用品、浴巾拖鞋，零零散散一些東西。桌子上也擺了不少，一口小鍋，和簡單的碗筷杯子。

床頭放著一床新被子，還裝在透明真空包裝裡，沒有拆封。

這房間裡很多東西都是新買的，不過在被子包裝上方放著的那套深灰色的床單，應該是從家裡帶來的。

床上還有好多衣服，上衣褲子都有。

衣服穿在他身上時不覺得什麼，但這麼擺開，真的非常寬大。床是一百二十公分寬的單人床，有些小，一件疊著一件，基本都鋪滿了。

「你準備洗衣服嗎？」徐雲妮看著這一床的衣服，問道。

「不洗，」他說：「都乾淨的。」

「那你這樣都拿出來……」

「挑呢。」

徐雲妮一頓，抬眼看他。

時訣抱著手臂，倚在牆邊，也看著她。

很明顯，這不是他計畫中的重逢畫面，但在最初的驚詫之後，他很快就接受了當下。

他的聲音、視線、表情，都像在勾著她講話——

問一問唄，問我挑衣服幹嘛？問我來這租房子幹嘛？

她一切都順著他來。

「為什麼要挑衣服啊？」

他挑眉：「妳說呢？」

靜了幾秒，徐雲妮看著他的眼睛，說：「你光出現就有點招架不住了，還要研究著裝？」

時訣鼻腔輕出一聲，嘴角動了動，眼神朝旁邊看。

徐雲妮又說：「班長，有喝的嗎？我們坐下聊吧。」

時訣：「妳想喝什麼？」

徐雲妮：「還有得選嗎？」

時訣示意冰箱：「妳自己拿吧。」

徐雲妮到冰箱旁，拉開下層。

冰箱很小，大概只有三十幾公升，下層是冷藏室，分三欄，下面兩欄很空，只放了一袋熟食和一盒雞蛋。最上面一欄裝滿了飲品，有礦泉水、機能飲料，以及無糖茉莉烏龍茶，冰箱門側面塞了幾瓶啤酒，還有一瓶青梅酒。

徐雲妮看著這酒，又看看那張小桌子上放著的菸灰缸。

她拿了一瓶礦泉水，說：「班長，你都好了？」

「還行。」他說。

徐雲妮拉來凳子坐下，又問：「你什麼時候到的？」

她坐下了才發現，這屋裡只有一個凳子。時訣走過去，路過桌子，拿著菸灰缸，到床邊坐下。

菸灰缸放身邊，他又從口袋裡摸了菸出來，一磕床沿，出來半根。

「昨天半夜。」

「那麼晚啊……」

徐雲妮感覺，這麼久沒有見，他突然出現，她在激動之餘，也免不了一絲情怯，她說：「你要來怎麼沒提前通知我？」

時訣點了菸，看著她，理所應當地回答：「妳也沒問我啊。」

徐雲妮愣住，輕輕「啊」了一聲，原來是她的問題。

時訣兩腿相疊，一手撐在身側，又是徐雲妮熟悉的那種歪斜的姿勢。

他順著竿就上去了。

「為什麼不問？不想打擾我幹活啊，還是根本就沒惦記這事啊？」他視線上下掃過，不鹹不淡地評價道：「我看妳也不是很期待啊。」

徐雲妮心說，多有意思的話啊，思之使人發笑。

徐雲妮垂下視線，點點頭：「嗯……」

「嗯什麼？沒惦記啊？」

「班長。」

「嗯？」

「我們能講點理嗎？」

時訣自己都樂了，嘴上還不認，反問道：「我哪句話不講理了？」

靜了一下，徐雲妮又搖頭：「沒有……」

時訣：「有不滿就說。」

徐雲妮看著手裡的水，在掌間轉了轉，過了一下，她挑眼看來，輕輕道：「時訣，你能來，你說什麼都行。」

時訣與這道視線對視著。

……該怎麼樣形容徐雲妮的目光呢？

不是無奈，也稱不上妥協，更像是一種安心，一種她還在體會這種鬆了口氣的感覺，所以他就隨便玩吧的意思。

時訣臉上的笑容漸漸化去，微斂視線。

「妳要在那坐多長時間？」他問。

徐雲妮聞言起身，來到他身旁，再次坐下。

他接著抽菸。

又靜了一下。

「班長。」

「嗯？」

「你那邊的事怎麼樣了？這麼出來沒問題嗎？」

「都安排完了，差不多能待一週。」

徐雲妮看過來：「一週就走嗎？」

時訣瞥她一眼：「不行嗎？」

徐雲妮稍微怔住，然後問：「這是，週租的房子？」

時訣看了她一下，「呵」了一聲，說：「不是，我租了半年，下個月再來，每次住飯店不方便。」

「啊……」徐雲妮還有好多要問的，比如他的重讀，他的官司，他身體的恢復情況……

她正在腦子裡把這些問題排序，手機震起來。

宿舍老師的訊息，詢問她那兩位吵架的同學換寢室的事。

她兩手飛快傳著訊息。

時訣側目看。

徐雲妮在工作狀態下的神態是這樣的，全神貫注，眉眼收斂，嘴唇抿成一道線，嘴角稍微用力，會壓出兩道隱隱的唇窩。

在時訣的記憶裡，徐雲妮從沒有過大驚小怪的時候，明明身體纖瘦，卻像塊砝碼一樣，待在她身邊，節奏很容易就穩定下來。

他慢慢抽著菸，慢慢看著她。

她此刻的神色中好像帶著一點不耐煩。

這很少見，徐雲妮對那些在他眼中枯燥煩悶的工作總是抱有難以理解的耐心。

時訣將菸放入口中，撐在身側的手稍微又離遠點，以便更完整地看清她的側顏。

筆直的腰背，微收的下頜，瘦長的手臂，她穿著貼身的淺駝色羊絨衫，外面是一件開衫的薄外衣，頭髮紮起，稍微垂下幾縷在耳側……

一個纖長的，起伏的輪廓。

時訣在煙霧中瞇起眼，他一直不知該怎麼形容，但是徐雲妮這種外形，配上這嚴肅認真的表情，以及……

「班長，你再這樣盯著我，我要沒辦法做事了。」

他下頜微微揚起。

以及……經常說出這種刺激性言語的中正平和的女中音……

都常常使他，如降入深海般，非常沉浸。

傳了一下訊息，老師可能覺得這麼說太慢，打電話進來了。

徐雲妮起身到窗邊接通。

「……張老師？……嗯，說先不報警。對，用是用了……對，現在是這樣……」

時訣轉頭看，感覺她站在窗邊一手抱在身前講電話的剪影很順眼，乾脆就轉過來了。

徐雲妮打完了電話，回過頭，看到時訣已經躺在床上，他靠著被子的包裝袋，一腿在床上，一腿在地上，懶洋洋的。

徐雲妮看著，忽然說：「這床是不是有點小？」能休息好嗎？看起來尺寸也就一百二乘一百九，算上枕頭的話，他的腿可能都要掉出去了。

時訣聽了她的話，歪歪頭，露出古怪的神色，「研究什麼呢？真不正經。」

徐雲妮把手機收起來，走過去，「我幫你一起收拾吧。」

時訣視線下垂，手指撚起胸口襯衫上一點浮毛，幽幽道：「妳收拾我就不收拾了……」

「行，」徐雲妮說：「那你躺著。」

徐雲妮先把幾個購物袋整理到一起，東西放在一個大的袋子中，騰出垃圾袋裝那些拆開的包裝。

屋裡稍微寬敞了點。

時訣就靠在被子上，一直看著她，看她擼起的袖子，和微垂的頭。

她幹起活來不急不徐，條理分明。

為什麼連打掃的時候背都是直的？

她有沒有什麼時候能不這麼有條不紊呢？

時訣想著想著，感覺渾身肌肉都消融了似的，毫無力氣，塌在床上，眼神看向另一邊。

窗外，是城市的夜，燈火霓虹，絢爛異常。

等時訣的視線再轉過來時，看見徐雲妮正拿著剛拆開的去油噴霧準備噴。

「哎，」他坐起來，「別弄這個。」

他走過去，把除汙劑拿開。

徐雲妮：「怎麼了，這是用來去油汙的。」

電磁爐旁邊的小爐臺上有好多沉積的汙漬。

時訣：「這東西多嗆啊，屋裡就這麼大，妳噴完還怎麼待。」他把噴霧放一旁，「等明天我出門前擦一遍就行了。」

徐雲妮「哦」了一聲。

時訣：「妳沒用過嗎？」

徐雲妮：「嗯？」

在回答這問題之前，她先意識到一件事。

他站得有點近。

也許是封閉的空間加劇了距離感受，他們以前有過離得這麼近的時候嗎？

好像也有。

……吃飯？

……搭車？

但那些時候，她完全沒有想那麼多。

他的聲音很好聽。

不管是略帶風涼的，挑逗的時刻，還是像現在這樣平常說話，都很好聽。

「平時十指不沾陽春水吧？」他笑著問。

徐雲妮感覺到身旁的聲壓震顫，這讓她不想出聲，不想說反駁的話……雖說她也不好反駁，徐雲妮自認不是個四體不勤脫離勞動的大小姐，她自己臥室的衛生、寢室的衛生，還有學生會公共地點的打掃，在她職責範圍內，她都有好好做。

但廚房這一塊，確實是一片空白。

因為到目前為止，她生活過的所有有廚房的地方，都有阿姨在。

不過，徐雲妮很快又想到，這個小房子是不會有阿姨的，所以，她將來或許可以在這，補充一些知識。

將來……

她還在胡思亂想著，時訣已經放好了去汙噴霧，他轉過身來。

徐雲妮感覺到手腕溫熱，他拉住了她。

「看看，」時訣展開她的手掌，輕聲說笑，「細皮嫩肉，這哪是幹活的手啊？」

他的手那麼大，手指那麼長，玩弄著她的手掌，動作比彈琴還流暢。

天氣有些涼了，可他們都出了點汗，他們黏在一起的手，摩擦起來又澀又濕潤。

徐雲妮看著他們糾纏在一起的手。

她正看得入神，時訣從口袋裡拿出一樣東西，戴在她手腕上。

一條金色的鏈子，非常簡約的鏈條設計。

……已經澈底拆開包裝拿出來了？

那他的呢？

徐雲妮看向他的手腕，兩手空空。

徐雲妮問：「這是什麼啊？」

「手鏈啊。」

「送我的嗎？」

「不然呢？」

「那我也送你一條吧。」

時訣說：「我替妳送了。」

他又從口袋裡拿出一條銀色的鏈子，同樣的款式，她的手圍大概十四點五，他的有十七左右？

他把鏈子放到她手裡，然後把手伸過來。

徐雲妮也幫他戴上。

……他一直貼身帶著手鏈嗎？還是剛才她在打電話時，他從包裡拿的？

不管是什麼時候，這時機找得堪稱完美。

徐雲妮幫他戴手鏈，非常小心翼翼，她感覺，他們在這亂糟糟的出租屋裡，在充滿著油漬的爐灶旁，互相戴上手鏈，如此鄭重其事，就像換了戒指似的。

兩人都戴好了，手還牽在一起。

一金一銀，各自貼近膚色。

「……班長。」

「嗯？」

「你怎麼白成這樣啊？」

「怎麼了？」

「你沒看出來嗎？都有點螢光了。」

「燈照的，冷光燈加瓦數不夠，出來就是這個效果。」

「哦，」徐雲妮喃喃道：「我還以為你是外星人呢。」

「說不定哦。」

徐雲妮抬眼看他，他依舊垂著眼眸，他口中的冷光燈，打在他長長的睫毛上，落下一片陰影。

他眉宇舒展，目光深長。

他在想什麼呢？

她要是能知道就好了。

時訣忽然笑了一下，問：「如果我是外星人，妳會跟我回我的星球嗎？」

「遠嗎？」

「還行。」

「叫什麼名字？」

「……」他頓了頓，「唔，沒想好呢。」

「星球上有什麼啊？」

「沙子。」

「只有沙子啊？」徐雲妮想了想，提議說：「那就叫瑞索斯星吧？」

「……什麼意思？」

「沙漠很有可能會出礦床的，取名『resource』，資源之星，寓意好一點。等我們回去，開採出資源，也比較好做產業支撐，有了社會發展動力，還能穩定星球的戰略安全，提升競爭力。」

「……」

有些詞語，對於時訣來說，真的需要在腦子裡二次解析一下。

所以徐雲妮這話說完，時訣手也停了，表情也停了，大概兩三秒後，才出聲。

「徐雲妮，妳認真的嗎？」

「嗯。」

「行，」他採納了，「那就用這個名字吧，幫妳記一功。」

「我的榮幸。」

「要獎勵嗎？」

徐雲妮看著他：「有什麼獎勵？」

他淡淡道：「妳提啊。」

徐雲妮低下頭，許久後，她輕聲問：「班長，能抱一下嗎？」

他沒有說話。

事後，徐雲妮已經記不得了，到底是誰，先邁出那小小的半步。

半寸風月，半寸花田。

這就是離擁抱最近的距離，她的手試探著放在他的腰身上，然後馬上陷入了他的包裹內。

那擁抱由輕到重，好像要把她原有的一切都擠壓出去，最後她忍不住，深深吸氣，他的氣息頓時像潮水一樣，湧入全身。

太陽穴往上的位置，像被什麼充滿了，帶來強烈的眩暈感，好似美夢成真。

這種感覺對徐雲妮來說，簡直就像在換血一樣，在空白的靈魂上打上烙印。

那股氣息指揮著她，告訴她，記住了，就是這種感覺。

在這小屋裡，在這天地內，以至茫茫宇宙間，除了這種感覺，其他的都不對。

是誰在抖呢……

徐雲妮剛開始以為是自己，後來發現，他也是。當她意識到這一點後，她的抖動更強烈了。

「班長、班長……」

她叫了兩聲，耳邊的呼吸明顯變重了，人也變重了。

徐雲妮被他推得往後退了幾步，撞在門上。

她的後背有點疼，這種疼痛，在此時此刻，卻像催化劑一樣。

他的頭越來越低，臉緊緊貼著她的脖頸，給她一種下一秒就要咬下去的危機感。

他張嘴了嗎？

應該是張了，因為她在不知不覺間，已經把脖子揚起來了。

他的呼吸很重，她同樣也是，光用鼻子都已經不夠了，他們像擱淺的魚一樣，需要用嘴來補充氧氣。

……這不太對吧？

徐雲妮用僅剩的理智思考著，她都快被他擠成春聯貼門上了。

這已經不是擁抱了吧？

但是……

但是……

徐雲妮心裡清清楚楚，她的手也早早脫離了他的腰身，抓在他的雙臂上。

但她還是貪到了最後一秒，貪到了他口中忍不住發出呻吟的那一刻，她才像觸電一般，將他拉開。

他太重了，他早就不是當初在病床上那虛弱的模樣了，徐雲妮用了好大的力氣才把人從身上扯走。

他站在她面前。

他的頭髮有點亂了，但也可能之前就這樣亂……

更能確定的，是那嘴唇，在半分鐘之前絕對沒有現在這樣紅豔。

她呢？

她看不到自己，她也是這樣的嗎？

這麼潦草，這麼放浪。

那雙狹長的眼，居高臨下，毫不掩飾地看著她，他的嘴巴還微微張著，輕輕喘息。

從擁抱的那一刻，到現在，徐雲妮的皮膚一直是緊的，她說：「班長，這有點，有點快了吧……」

他沒有說話。

徐雲妮感覺，他根本就不在意她說了什麼，他依然沉浸在自己的感受之中。

她的手機又震起來。

她掏出來看，又是老師。

她低聲說：「我去接個電話。」然後從他身旁走過，到窗邊接電話。

「……喂？張老師……是嗎？現在嗎？她是怎麼說的？……啊，好的，我過去看一眼……沒事，我大概……十五到二十分鐘吧，嗯，好……」

她掛斷電話，回過頭時，時訣正往桌邊走。

徐雲妮說：「我們老師的電話，我要回去了。」

時訣：「嗯。」

時訣點了根菸，打火機扔到桌面，坐在椅子上。

事情來得急，徐雲妮解釋說：「宿舍有人鬧矛盾，我去處理完就聯絡你。然後明天我會再來，中午應該可以，或者早上……」她頓了頓，「我起早一點，過來看看行嗎？你幾點鐘起床？」

時訣從口袋裡拿出樣東西遞給她，徐雲妮接過，是一把鑰匙，色澤嶄新，邊緣還有沒磨掉的金屬屑，應該是新配的。

徐雲妮收起鑰匙，說：「那我來了自己開門，我要走了，那邊在催我。」

她走到門口，再次回頭。

他還看著她，蹺著腿，撐著臉，指間夾著菸，非常安靜。

徐雲妮說：「你好好休息。」

他說：「嗯。」

徐雲妮離去了。

她走在空無一人的走廊裡，感覺腦子平滑滑的，裝的都是剛剛屋裡發生的事。

她走時，他的臉色很淡，但徐雲妮知道，他絕對沒有生氣，更像是沉浸在某種狀態裡。

……他都在想什麼呢？

坐上電梯，徐雲妮抬起手，看看腕上垂下的金色鏈子，然後不自覺地碰了碰自己的脖子。

她再次想著，她要是能知道就好了。

# 第十八章　海妖與船員

夜晚。

現在正是大學校園最熱鬧的時候，大家吃完飯了，也沒有課了，想活動的活動，想讀書的讀書，絕對的自由時間。

也不對……

不是絕對。

也有些身不由己之人。

就比如說徐雲妮同學，她現在正頂著學生會舍務調解員的頭銜，在某寢室裡斷案。

這兩名女生，鑑於她們打斷了徐雲妮期待已久的重逢場景，她私心不想記住她們的名字，姑且命名為A女士和B女士。

現在案件有了新的進展，被用了化妝品的A女士不只要換寢室，還要求賠償。

「我不是差這點錢，我就是要個態度！」

徐雲妮問：「妳想要多少賠償金額？」

A女士說：「我的晚霜專櫃價三千多，她至少要賠一半吧。」

B女士馬上說了：「一半？我只用了一次。」

A女士：「用一次少了那麼多？」

B女士有點急：「但我真只用了一次，再說，我買的衛生紙和洗衣精妳平時也在用啊。」

A女士：「這是一回事嗎？東西價格一樣嗎？那我們互相賠吧！」

徐雲妮舉起手：「哎，別吵，別吵，我們處理問題……那個，妳的面霜在哪？我能看看嗎？」

A女士把桌上一個黑罐子往前推推，徐雲妮拿來，擰開看看，裡面的白色膏體確實已經沒了大半了。

B女士在旁堅持說：「我真的只用了一次！」

A女士：「然後一次挖 20ml？」

B女士：「妳怎麼不講理呢？」

A女士：「妳偷用別人東西還有臉提講理？」

徐雲妮在她們的爭論聲中，仔細觀察膏體質感，然後用無名指在罐子周圍蹭下一點面霜，拇指揉搓，又拿到鼻下聞了聞，扣上蓋子。

那兩個人還在你一言我一語，爭論不休。

寢室另外兩個人不在屋裡，大概是受不了她們吵鬧。

徐雲妮說：「別吵了，都沒辦法說話了。這樣吧，我們分開聊，妳們把自己的要求提出來，然後我匯總上報。」她先跟B女士說：「妳先跟我來。」

徐雲妮帶著B女士來到寢室走廊盡頭的小陽臺，俯瞰著校園生活區。

她跟B女士說：「她現在提出的賠償要求，妳不太接受是吧？」

B女士皺著眉道：「不是，我們東西平時也都互相用的啊，我那天面霜用完了才用的她的，她怎麼這樣啊。」

徐雲妮說：「如果妳的東西也被她用了，妳也可以收集證據，但化妝品這個事，肯定算侵犯他人財產。」

B女士：「那怎麼辦啊……」

徐雲妮：「妳們要不要協商一個賠償金額，妳最高能接受多少？」

B女士猶猶豫豫，最後說：「……三四百？我真沒用 20ml 那麼多！我拿來當身體乳嗎？」

徐雲妮：「那我跟她溝通看看，妳給我點時間，先不要吵，不然這個事學生會不管，妳們就只能報警處理，那對妳的影響不太好了。」

B女士點點頭：「好吧……」

徐雲妮跟B女士談完，又把A女士找了出來，還是同樣的陽臺。

「妳先消消氣。」她跟A女士說。

「哼！」

徐雲妮：「她私下用妳東西，妳提出賠償是合理的。」

A女士：「當然合理了，我那一排化妝品，她就挑那瓶沒用過的，手就是欠！」

徐雲妮：「那妳先把面霜收好，到時候定損完再看。」

A女士皺眉：「……定損？定什麼損？」

徐雲妮：「她是覺得妳們之間都有使用對方物品的行為，光她賠償不太公平，但畢竟物品價值不一樣，妳們各自做好價格評估，就直觀了。妳專櫃的購買收據還有嗎？」

A女士瞥向一旁：「沒有，早沒了……」

徐雲妮：「那妳可以和她一起，再找個協力廠商，找專業機構做個證明。就算報警，警方也會根據估值進行判定，不能妳說多少就是多少。」她半開玩笑道：「萬一是假的呢？那還涉及虛構事實隱瞞真相了。」

A女士一頓，然後狠狠白了一眼。

徐雲妮說：「老師讓我來調解，是希望同學之間能相互理解，其實不是什麼太嚴重的事，沒必要搞那麼難看。妳肯定是更虧一點，所以賠償我也可以幫妳談一談。」

A女士冷嗤：「那妳談啊，怎麼我被偷用東西我還要遷就她呢！」

徐雲妮：「妳別激動，我跟她溝通看看，但是妳要降降心理價位，我預估嘛……一百塊差不多了。」

「一百？」A女士皺眉說：「不行，太少了！」

「那兩百？再高我也沒那個能力了，妳們只能找警察處理了。」

A女士抱著手臂，思來想去，給了個價位。

「最少三百。」

「妳這價開得還是高，妳先別跟她說，我努力試試，爭取別鬧到警察面前。」

「行。」

送回了A女士，徐雲妮又打電話給老師，表述她已經跟她們溝通完了。

「有些事還沒達成共識，但我看她們也不是完全油鹽不進，多勸勸應該能說開。」

『那就勸，別碰到點事就報警，大學校園成什麼了。』

「那老師你來勸還是……我感覺我比較瞭解情況，還是我勸吧，就是這幾天還有些舍務工作，我真的有點……」

『妳把她們弄明白，妳那工作我安排別人幹。』

「好的，我一定盡力。」

『辛苦妳了啊，折騰到這麼晚，妳的幹部優等我已經幫妳報了。』

「哎呦，張老師，你看看……我不是為了這個啊，這都是我應該做的。」

『哈哈，知道知道。』

又說了幾句，徐雲妮掛了電話。

她看著深秋的校園發了下呆，不太集中得了注意力，腦子裡一下子蹦出這件事，一下子蹦出那件事……

這件事至少可以拖三天，然後換寢室再磨蹭一下，四天差不多？

他吃飯了嗎？

後天下午有例會，她現在就該想個請假的理由了。

那屋有熱水壺嗎？總不能一直喝冰的吧……

東西還是不夠，有電磁爐有鍋，但沒有刀和砧板。

他現在睡了嗎？

他洗過澡了嗎？

他原來能發出那樣的呻吟聲……

徐雲妮低下頭。

慢慢的，正事都被擠沒了，她腦子裡只剩下時訣。

哎，不對，時訣才是正事吧。

水泥地面又青又硬，徐雲妮再抬起頭，然後突然意識到，這好像是朝西的方向，雖然前面有別的大樓擋著，看不到遠處公寓，但這確實是朝西的方向。

她深吸一口氣，雙手懷抱身前，秋風溫度低，讓她的腦子漸漸冷靜了下來。

最終，她回到宿舍。

聶恩貝在打遊戲，陶雨在看書。

徐雲妮去桌邊，把手鏈先摘下來，她一開始放在桌上，後來又拿起來放到床上，然後去洗了澡。

洗完澡，她換上睡衣，直接去了上鋪。

陶雨看見，說：「妳這麼早睡？」

徐雲妮說：「今天有點累。」

她們寢室還是很注意隱私的，每個人的上鋪床位都有隔斷的簾子，不過平時她們都在夜晚的臥談會結束後才會拉上簾子，今天徐雲妮提前了。

簾子拉上，陶雨在下面問：「要不要把燈關了？」

徐雲妮說：「不用。」

她並沒有躺下，背靠著牆壁，屈起腿，拿出手機。

她傳訊息給時訣：『班長，我忙完了。』

他回訊息很快，直接一串震動，她剛開始以為是語音，後來才發現是視訊電話。

徐雲妮後背挺直了點。

……聶恩貝戴著耳機，陶雨戴了嗎？

徐雲妮看看周圍，覺得這場合不太正式，不適合接視訊電話，但她又不想掛斷，因為這是時訣第一次打視訊電話給她。

她接通了。

時訣躺在床上。

房間不知道有沒有收拾乾淨，反正床是弄完了，床單被套都換好了，他把枕頭豎起來放床頭，自己靠著。

他也洗了澡，頭髮半乾，穿著一件黑背心。

鏡頭裡看他，跟平時看好像不太一樣，被框在一個小小的範圍裡，他的頭髮、眉眼、背心都非常的黑，皮膚又特別白，躺在深灰色的，帶著細條紋的純棉床單上，層層疊疊的質感。

她第一次見他露肩膀，又平又直，肩頭的肌肉紋理就像含苞的白蓮花瓣，非常漂亮。

徐雲妮小聲說：「我在寢室，你都收拾完了嗎？」

時訣沒說話，調轉鏡頭，照了一圈。

比起房間，更先引人注意的是那兩條長腿，他穿著黑色的寬鬆棉麻長褲，露出一雙瘦長的腳掌，右腳搭在左腳上。

徐雲妮再去看房間，大概做完了一半吧，很多東西都歸攏好了。

徐雲妮說：「我明天早上六點過去，會打擾你睡覺嗎？」

他把鏡頭轉了過來，隨口道：『怕打擾可以現在來啊。』

徐雲妮說：「來不及了，我已經洗完澡在床上了。」

他『呵』了一聲，風涼道：『所以我就說嘛，看妳也不是很期待啊。』

徐雲妮說：「你昨天半夜到，今天又忙一天，不累嗎？」
時訣說：『我說不累妳就來嗎？』
徐雲妮猶豫了一下，還是說：「今晚真的來不及了。」
他淡淡道：『那明晚呢？』
字字句句，都指向同一個方向。
徐雲妮視線微垂，想了想，低聲說：「時訣，不是我不願意，我是覺得你才剛到，先安定下來，以後時間還有很多，我們可以……」她說這話，多少還是有點赧然，沒有看著他。
該怎麼表達清楚呢？細水才能長流？乾柴烈火，燒完就沒了？
其實，也不儘然吧……
她正猶豫著，時訣奇怪道：『妳在說什麼啊？』
她抬眼看，時訣又說：『我是叫妳來吃個夜宵。』
徐雲妮怔住：「啊……」
時訣眉頭挑起：『妳腦子裡都裝著什麼啊？』
徐雲妮啞然：「我沒裝著什麼。」
『不是吧，』時訣完全看穿了她，眼神輕睨著，一副諷態，他就這麼盯著她一下，輕輕說道：『徐雲妮，妳想得真美啊。』
徐雲妮還能說什麼，什麼都說不了。

她點點頭，自我批評道：「對不起，是我錯了。」

時訣：『妳錯什麼了？』

徐雲妮垂眸檢討：「我自我約束不足，言行不當，界限模糊，我一定吸取教訓，也請班長繼續監督管理。」

她說完，抬眼看，正好瞧見他忍不住笑出來的那一瞬，他可能不太想露笑，舔著腮幫子，眼睛往旁看，好像要拿東西似的……

拿什麼啊？那有什麼啊？

什麼都沒有，所以他只撥弄了幾下床單，又看回來了。

然後他就撞進了徐雲妮的視線裡。

她也是剛洗過澡，頭髮吹得半乾，別在耳後，讓臉頰的輪廓更加清晰。

她拉上了簾子，周圍有點暗，只有手機青白的光線照在臉上。

徐雲妮平時就很素然，當下這一瞬，更給人一種山野林間的清澈之感。

幹嘛這麼看著他？

哄誰呢？

縱容誰呢？

把他當什麼了？

時訣的眉毛淺淺一挑，說：『行啊，那以後我管著妳。』

她沒說話，時訣又問：『妳聽嗎？』

徐雲妮看著他，嘴唇輕抿，笑了笑，還是沒說話。

他們聊到很晚。

徐雲妮問了時訣好多問題，關於他在家那邊的，還有這邊租房的事，當她得知他在這邊租房還要算上每個月七小時的演奏，說：「班長，你是不是虧了啊……」

他說：『喲，妳也知道啊？』

徐雲妮：「多給他點租金呢？」

時訣：『沒用，不演人家就不租，老闆不差那個錢。』

他說著，又盯她一眼，意味明顯。

看看，這都是因為誰啊？

徐雲妮聽過時訣的演奏和他的歌聲，也知道他的水準能幫專業歌手寫歌，她甚至能感覺到他的那一點……該怎麼說，從沒表現出來過的，對藝術的清高追求？

徐雲妮說：「班長，我一定不會辜負你。」

『喲，是嗎？』他輕飄飄地說：『那妳要記著自己的話。』

他們聊了很久，到最後，徐雲妮手都痠了，她躺到被子裡，把手機立在牆邊。

然後，那麼聊著聊著，她就睡著了。

她也不知道視訊是什麼時候掛斷的。

時訣清楚，是在十二點半左右，手機倒了，他就掛斷了視訊。

他沒什麼睡意，起身換衣服，然後去了LAPENA。

這個時間是酒吧營業尖峰期，時訣到吧檯坐了一下，酒保還是熟人，就是白天幫他搬東西的小洋。小洋調了杯最常見的長島冰茶給他，時訣看著臺上正在唱歌的歌手，一開始在聽歌，後來精神有些渙散，也不知在想什麼。

「呀，」身旁有人說：「你怎麼來了？」

時訣轉頭，薇薇走過來。

「房子住得怎麼樣？」

「還沒住呢。」

薇薇化著漂亮的妝，她染著一頭粉色頭髮，戴個鴨舌帽，穿著短背心，上面印著字母和愛心，下身是一件灰色的小格子短裙，黑絲襪加泡泡襪，和一雙黑色厚底拖鞋。

「你來幹嘛啊？」薇薇問。

時訣正在掏菸，說：「消費啊。」

薇薇：「哦？要不要請你喝一杯？」

時訣點著菸，隨口道：「趙姐沒跟妳說嗎？」

「說什麼？」

「我來這邊是幹什麼的？」

「沒說啊，」薇薇一臉懵懂，「你來幹什麼的？」

「這樣啊，」時訣笑著，調侃道：「那妳們關係很普通啊。」

薇薇瞬間變臉，瞪他一眼：「少挑撥離間，知道你是來陪讀的。」她招呼小洋，「再來兩杯，灌死他！」

小洋又做了兩杯酒，放到時訣面前。

薇薇說：「別誤會，請同事的。」

時訣「哦」了一聲，然後示意臺上，問：「今天演出排滿了嗎？」

薇薇看著正在演唱的歌手，說：「他之後還有一個人，不過那人經常遲到，不一定唱，怎麼了？」

「沒排滿我可以來。」

「你不是說明天開始嗎？哦不對，應該是今天下午。」

「反正也沒事。」

「還不確定呢，你要麼等等看？」

「行。」

時訣喝了下酒，有個不認識的女生過來，問他有沒有伴。

時訣往薇薇的方向示意，那女生看了一眼，就走了。

薇薇無語道：「你不會說你有女朋友啊，拿我當什麼擋箭牌？」

時訣斜視她：「妳也不走啊，不用白不用。」

薇薇氣得瞪眼，就要把送的兩杯酒拿走。

「哎，」時訣說：「別生氣，開個玩笑。」

薇薇白他一眼。

他笑了笑，然後又去跟小洋聊天。

薇薇在店裡見過各式各樣的男生，說真的，她一眼就能看出，時訣的笑，還有他的言談、身姿，都帶著一種拿捏好的狀態，俗稱——假。

泡吧的男生很多都有這種狀態，只是沒他這麼熟稔，沒他這麼爐火純青，揮灑自如。

當然，也可能是外形氣質等客觀條件造成的差距。

短短一天相處，薇薇已經在心裡幫時訣打上了標籤——一個自我意識很強烈的男生。超難搞的那種人。

她聽著他跟小洋聊酒的事，忍不住想，這種人真會談戀愛嗎？

聽趙姐說，他女朋友在隔壁大學念書……那可是所好學校，全省最好的大學。

之前簽租房合約的時候，她瞄過時訣的證件一眼，他今年二十歲，按理說也是讀大學的年紀。

薇薇忍不住好奇，問他說：「哎，你不念書嗎？」

「嗯？」他看來一眼，「不念。」

「為什麼？」

「不愛念唄。」

薇薇說：「我也不愛念，但家裡還是逼我上了個學校，這年代沒有學歷很難的啦，說出去也不好聽。」

「是嗎？」時訣彈彈菸，看著櫃檯裡的幾瓶酒，隨口道：「那我以後抽空上一個。」

「這也能抽空上嗎？」

「不能嗎？」

「怎麼抽空上啊？不是要考試嗎？」

「是嗎？那就不上了。」

「……」

他心思在聊天上嗎？

時訣看了櫃檯一下，然後問她：「員工從店裡拿酒有沒有折扣？」

薇薇乾巴巴道：「別人有，你沒有。」

時訣一頓，轉頭看她，了然地笑了笑，「脾氣真大啊。」

過一下，又來了個女生，是薇薇的朋友，加入了聊天。

過了一下，又來了兩個男生，薇薇也認識，是市中心另外一家店的朋友。

慢慢的，吧檯旁坐不下了，他們換到座位區，桌上的酒越來越多，這個朋友請一杯，那個朋友請一杯，他們抽著菸，聊著有的沒的。

他們喝到兩點左右，下一場的歌手來了，時訣本想離開，但那幾個人一直留他。時訣白天睡了覺，晚上時差沒調過來，也不睏，就跟他們吃吃喝喝，一直到快關店了才離開。

座位上，那幾個人還沒走。

他們自然而然地聊起剛走的時訣，薇薇把她知道的情況一說，幾個人都很驚訝。

男男女女在一起，你一句我一句，最後得出同一個結論——

放浪形骸的無業音樂人，看上了不諳世事的天真女大學生。

好鬼扯的組合。

男生一致認為，該幫這妹子點個蠟。

女生有人說，為什麼？他是特地過來陪讀的呢。

男生說，哎，都沒工作，上哪不是待著？而且不是說了，他不是完全待在這邊嗎？你們懂這什麼意思嗎？

女生問，什麼意思？

男生說，說難聽點，大概是偶爾過來找找樂子，這人只差把花花公子刻臉上了，男人最瞭解男人，他不愛玩能在這喝酒喝到凌晨？

女生說，有道理，不過是真帥，只要別太投入，談一段真不虧。

男生說，哎，都一樣，現在誰把誰當真啊，且玩且珍惜吧，哈哈……

時訣從店裡出來，回到公寓。

他進了屋裡，看時間，已經快四點半了。

其實他現在是有睏意的，但如果這時睡了，六點絕對起不來。

時訣洗了把臉，然後到窗邊，打開一扇。

他對著一片黑暗的遠方抽了根菸。

窗戶的玻璃上反射出的他的面龐，非常冷淡。

時訣原本是因為不太睏，想看看能不能提前把那七個小時磨一磨，所以去了店裡，結果沒機會。

那歌手來的時候，他就想走了，但那夥人把他叫住了。

他不想留下，不過理智告訴他，他初來乍到，對這邊不熟，又在別人店裡打工，留下會比較好。

所以他一直陪他們喝到關店。

時訣通常在跟陌生人喝很多酒，說很多話之後，心情都會不太好。因為他知道，在他走後，總有議論。

他這根菸抽完，回屋接著清掃。

徐雲妮是早上五點半起床的。

陶雨今天沒有早班，正呼呼大睡，她下了床，悄悄洗漱，悄悄出門。

徐雲妮來到公寓的時候，六點整，一分不差。

她輕聲開門。

然後微微驚訝，時訣居然坐在床邊。

「……你醒了？」徐雲妮說：「我還以為你在睡覺呢。」

她拎著一些東西，放到桌面上，看看周圍，好像又整齊了點。

他又打掃了？

再然後，她發現了時訣的不對勁。

他穿著昨晚那套衣服，靜靜看著她，面目之中帶著熬夜特有的平淡和憔悴。

徐雲妮走到他面前，聞到一股明顯的酒味。

徐雲妮看著他這樣子，猶豫道：「班長，你是一夜沒睡嗎？」

時訣瞄她一眼，答案明顯。

徐雲妮說：「為什麼啊？」

他笑笑，說：「去樓下喝酒了。」

他這個角度的視線，讓徐雲妮想起之前他醉倒在路邊那一次，現在倒是沒有那次那麼嚴重，但情緒都很……

徐雲妮：「喝得不開心？有人惹你了？」

他沒說話。

嗡……怎麼回事？

徐雲妮琢磨著，這跟昨晚的狀態差好多，她感覺他看過來的眼神甚至帶著點……是埋怨嗎？

徐雲妮想了想，稍彎下腰，與他面對面看齊。

「班長，那麼晚去店裡，是因為……」她問，「因為演出的事？」

他沒說話，但徐雲妮感覺自己猜對了。

徐雲妮坐到他身邊，靜了一下，然後慢慢拉住他的手，「要是因為演出，那其實也算因為我了。」

聽了這話，時訣那半死不活的眼皮終於抬起來點，「喲，妳知道啊。」

徐雲妮說：「換個住處吧，我幫你找，遠一點也沒事，我去找你。」

時訣：「不至於。」

徐雲妮：「你不喜歡在這彈琴吧？」

其實也還好……

這家音樂酒吧已經是比較專業的了，那姓羅的老闆也算懂行。

他的手被再次拉緊。

時訣垂眸，看見她握著他的手上，戴著他送的手鏈。

某一瞬間，時訣突然感覺很奇怪。

昨晚那頓酒喝得他非常不爽，但其實，這種不爽在他的生活裡，早就習以為常了，基本上睡一覺就過去了，下次見到那些人，他依然可以笑著跟他們喝酒聊天。

但這次很古怪，他的不爽在後續整理房間的過程中，在偶爾看時間的過程中，越攢越多，在徐雲妮出現的那一刻，到達了頂峰，他幾乎產生一種錯覺，好像自己真的受了天大的委屈。

不至於吧……

而當她說出這些都是因為她的瞬間，他的心情又回落了。

他點了根菸，說：「沒事，就住這吧。」

當然要住這，各方面都很合適，不住這去哪？

他轉眼看她。

熬了一夜，他的眼睛沒有什麼精神。

徐雲妮看著他的樣子，說：「班長，我一定會對你特別特別好的。」

時訣心想，居然有兩個特別。

六點多，正是這個季節天亮的時間，比四點的光線要陽間很多。

其實也不是什麼華麗的承諾，只是從她嘴裡說出，就像是不會轉圜的海誓山盟。

所以他最後一點不滿也被撫平了。
他熬了夜的腦子，動得非常慢。
雖然過程有點詭異，但最終結果好像還不錯。
他含著菸，喃喃道：「那妳要記著自己的話……」
他們坐了一下，徐雲妮說：「我來的路上買早餐了，你餓嗎？」
時訣：「不餓。」
「那喝口豆漿暖暖胃？」
徐雲妮站起來，去早餐袋裡拿了兩杯豆漿。
「你喝有糖的還是無糖的？」
時訣的腦子轉得比較慢，說：「妳先挑吧……」
徐雲妮：「那我喝無糖的。」
她把豆漿插上吸管遞給他。
時訣接過，拿著坐在那。
徐雲妮說：「我先吃個飯，然後我們看看屋裡還有少什麼東西，中午去買。」
時訣「嗯」了一聲。
她到桌邊，把凳子拉過來，先把他的那份早餐放到冰箱裡，然後把自己的那份拿出來，有粥、煎餃、小菜，和幾樣點心。

「要買個微波爐，」她自言自語地說：「要有個能加熱的東西……」

時訣就坐在床邊看她。

徐雲妮吃了兩口，說：「你真不吃啊？」

他搖頭。

徐雲妮又說：「那你就這麼看著我吃？」

「不能看嗎？」他說：「不是妳讓我監督管理的嗎？」

「啊……」徐雲妮一怔，然後笑笑，「對，我還有點不適應，你看吧。」

時訣靜靜坐著。

她說，她有點不適應……

那他呢？

時訣看著眼前吃飯的人，看久了，居然有點陌生感。

他明明記得之前在華都的時候，她晚飯好多次都只是在便利商店隨便拿個牛奶和三明治……

原來早飯要吃這麼講究？

時訣思緒發散，他真的瞭解她嗎？

他開始在心裡計算，距離他們第一次見面，已經過去一年多了，他們真正在一起相處有多久？除了確切分別的九個月，光在華都的三個月裡，都還要減去他時常請假的時間。

這麼一想，時訣眼眸微斂……滿打滿算只有一兩個月？就到了這種地步？他一夜未眠，大早上六點多，在一座陌生城市的出租屋裡，坐在床邊，盯著她吃早飯。

徐雲妮吃飯吃到一半，覺得有些靜，她看向時訣，他人定在那裡，目光像朝著她又像穿過她，在那發呆。

她沒出聲，接著吃。

等時訣回神的時候，徐雲妮桌子都收拾好了，她坐在桌旁，疊著腿，一手拄著臉，安靜地看著他。

時訣感覺時間像躍遷了一段似的，他完全不知道發生了什麼，看看旁邊，又看看她。

這樣多久了？

他是不是要說點什麼？

他還愣著，徐雲妮先開口了，她問：「要再想一下嗎？」

時訣一頓：「想什麼……」

徐雲妮：「不知道啊，人生？哲學？」

時訣皺眉：「啊？」

徐雲妮托著臉頰，看著他還有點茫然的臉，輕聲說：「班長，我上小學的時候，有一次我媽帶我去參觀畫展，我看不懂，後來我媽又帶我去了這位畫家的座談會，他跟我們講了自己的創作理念，但我聽完更迷糊了。」

時訣看著她，依然不知道她在說什麼，他的注意力都在她的手指上，那細長的小拇指在說話的過程中，稍微撥弄了一下唇角。

徐雲妮接著說：「最後，我媽跟我說，這世上有一種人，他們有自己的小世界，有自己獨特的感受世界的方式。」

時訣看著她手背連接小臂的那一處彎折。

她掌面長，那角度很耐看。

她接著說：「……那就是藝術家。」

話音剛落，時訣像觸電了一樣，眼底一抽。

「……什麼？」他皺眉，「妳說什麼？」

徐雲妮感覺，她前面說的內容他都沒聽，單單那一個詞，就讓他反射般被刺激到了。

「我不是藝術家。」他說。

徐雲妮：「嗯。」

時訣頓了頓，問：「徐雲妮，妳很瞭解我嗎？」

徐雲妮歪過頭，認真思考了一下，說：「不，你還是太神祕了，班長。」

「神祕？」

「對我來說，您就像馬里安納海溝一樣深不可測。」

「……海溝？」

「對，」徐雲妮笑道：「你還會唱海妖的歌曲，誘惑過往的船員。」他沒說話，她看著看著，又改了口，「不，這麼說不對，這是人類的說法，其實真相是……貪婪的船員，為了一己私欲，闖入了你的領域。」

時訣嘴唇動了動，沒說出話來。

他不想說，他只想聽她說。

徐雲妮的聲音不急不徐，那麼平緩，那麼溫柔，很像老式收音機裡跟孩子們講故事的錄音帶。

她的臉上帶著淺淺的笑意，像晨露，像清暉，將她周身罩著一層霧氣似的，朦朦不可真視。

時訣不知不覺中，站了起來，他走到她身前，垂眸看仔細。

徐雲妮抬起頭，「……班長？」

其實，時訣沒想過，會是這樣。

他覺得，就在華都的時候，那種程度就可以了，她正直善良，穩定又獨立，他會對她很好，他們會有各自的空間，不會有什麼大問題……

一直到他來之前，他都是這樣認為的。

他真沒想過，會變成這樣。

他的腦子又脹又亂，眼睛酸到發澀，迷迷茫茫間，很想要接吻。

徐雲妮：「班長？」

但他一身菸酒，一身汗，難受得要命。

徐雲妮：「怎麼了班長？」

他說：「我要洗澡。」

「……啊？」這話題跳躍得太快了，徐雲妮一愣之下，點點頭，「好啊，你洗。」

時訣去行李包裡翻了衣服，然後進了洗手間。

徐雲妮起身，把周圍沒整理好的地方，又整理了一下。她看他拿著背心進去，就把空調打開了，然後拉上窗簾。清晨的陽光本就不亮，這麼一擋，又暗了一層。

時訣洗澡很快，跟在SD時差不多，五六分鐘就出來了。

他拿著毛巾，坐到床邊擦頭髮。

徐雲妮說：「你休息吧，下次別熬了。」

時訣說：「我不睏。」

徐雲妮心說眼神都發直了，還不睏呢。

她說：「行，不睏就開會吧。」

時訣：「……開會？」

「嗯，」徐雲妮拿來筆和本子，敲一敲，「關於七〇九室的物資補充高級別研討會，與會人員，我、你。」

時訣已經習慣了，在徐雲妮說有些詞的時候，兩耳自動漏風。

他把毛巾扔一旁，躺倒在床，兩手手指插在一起，蓋在眼睛上，長長呼出一口氣。

「不想開……」

「那你要睡覺嗎？」

「不睏。」

「那你想幹什麼？」

「徐雲妮。」

「嗯？」

「妳親我一下吧。」

徐雲妮以為自己聽錯了。

「……什麼？」

他低聲說：「妳親我一下，我就開會。」

徐雲妮聽傻了。

他又問：「不行嗎？」

沒說不行。

徐雲妮走到床邊，他的手掌依舊蓋在眼睛上。

「這是什麼要求啊？班長。」

他聞言，手抬起來點，目光淡淡的，語氣也淡淡的。
「妳不是說妳為了『一己私欲』找上我嗎？我看看妳的『欲』在哪呢。」
可見，飯能亂吃，話不能亂說。
徐雲妮啞然片刻，問：「親哪啊？」
他說：「妳自己挑。」
徐雲妮有點後悔沒在他擋著眼睛的時候過來，她多問了這兩句，他的手就拿開了，換成枕在腦後。
徐雲妮走了半步，又停下，說：「你把眼睛閉上。」
他很聽話，閉上了。
徐雲妮站在床邊看，他剛洗過澡，面容整潔，五官俊美，這樣閉著眼睛，濃密的睫毛使眼線看起來更為清晰流暢，他穿著昨晚視訊的那身，黑背心和黑色棉麻長褲，但現在比在手機螢幕裡真實多了。
簡直像個睡美人一樣。
徐雲妮放下筆記本，俯身，兩手撐在他身側。
時訣感覺到身旁的床墊壓下去了點。
然後，他的脖子被親了一下，蜻蜓點水般的觸感，還沒有她髮絲刮過帶來的搔癢明顯。
他實在忍不住，笑了。

徐雲妮親完以後很快直起身。

她看他睜開了眼，嘴角彎著。

黑髮，白皮，紅紅的嘴唇。原來只要身體受到一點點刺激，他的嘴唇就會變得紅潤。

徐雲妮說：「班長，我太幼稚了，是嗎？」

他還是笑著不說話。

徐雲妮盯著他，片刻，說：「你再閉上眼睛。」

時訣又閉上了。

徐雲妮看見他小臂薄薄的皮膚下，青紫色的血管，看見他身體隨著呼吸微微起伏，看見他黑色的背心下，胸口處的……

剛才是這樣的嗎？

徐雲妮緩緩吸氣，再次俯身貼上。

太輕柔了，這個吻。

像在哄孩子睡覺。

時訣的嘴唇是清潤的觸感，他剛剛洗過澡，皮膚有點涼，徐雲妮聞到淺淺的沐浴乳和漱口水的氣味。他沒有動，手仍枕在腦後，由著她親吻。大概三五秒後？徐雲妮也算不太清楚……她撐起了手臂……

然而，她剛撐一半，他抽出一隻手，壓在她後腦。

「唔……」

他們的嘴唇再次緊緊貼實。

徐雲妮在第一下的時候有點被驚到了，沒跟上他的速率，結果一步差，步步差，那口氣怎麼都補不上來似的，越喘越快。

「不是，不是，班長……」

她感覺他一瞬間就變了，原本清涼的皮膚在短短幾秒內升溫，連口腔裡漱口水的味道都被某種熱力覆蓋了。

她說了幾個字，結果氣更跟不上了。

他的頭抬起了些，高高的鼻尖抵著她，偏過頭親吻。

這是什麼……

徐雲妮有些顫抖地想著。

這就是不幼稚的吻嗎……

昨天擁抱，今天接吻，明天幹什麼，簡直不敢想。

但是……

為什麼要想呢。

她明明只是個意志不堅的貪婪船員罷了。

想清楚這一點，徐雲妮突然感覺那口氣喘勻了，然後她幾乎立刻，聞到了那股香豔，聞到了那抹美麗，她抬手，細瘦的指尖插入他的髮梢。

他輕出了一聲，帶著她一起倒下。

徐雲妮偷偷睜開眼。

他眼周的顏色好像也紅了……

他仍閉著眼，在感受到她的回應後，他露出了一種讓徐雲妮胸口鼓脹，以至渾身痠軟的表情。他總是那麼沉浸，那麼投入，他沒有人類那些矯揉造作的心思吧，他把所有精神都回收到一個點上，以便給予，以便感受，其他統統不要了。

見他如此情態，徐雲妮意識恍惚。

他兩隻溫熱的手掌摩挲著她的臉頰和脖頸，越摸，她就越沒力……

她還出得去嗎？

她不想走了……

就在這屋裡待到天荒地老吧。

她能不能請病假啊……

陽光被窗簾遮擋，讓這親吻變得更加私密，像一個異域空間，他們唇口之間發出的輕膩之音，除了彼此，連風都聽不見。

徐雲妮貼在他的臉側，他的臉頰出了一點點汗，也許她也出了，他們黏在一起，在對方耳邊喘著氣。

「……班長，真不行了，我要缺氧了。」

徐雲妮的耳邊響起低啞的聲音：「妳該鍛煉了……」

他還想要抱住她，徐雲妮抓住他的手腕。

真不能再繼續了。

時訣看著她握在他腕間的手，細細的手指，都扣不上一圈。

他輕「呵」一聲。

雖然沒說話，但徐雲妮感覺出他的意思，就這手，想攔誰呢？

徐雲妮說：「班長，之前在醫院的時候你看起來好瘦，怎麼這麼快就變樣了。」

他說：「知道方法，練一練就回來了。」

徐雲妮：「怎麼練？」

時訣：「妳想練嗎？健身還是塑形？」他看著她垂下的髮絲，輕啟的唇，淡淡道：「我帶妳啊。」

徐雲妮想了想，說：「算了，我不是運動的料。」

徐雲妮直起身，坐在床邊整理自己的頭髮和衣服，她再看過去，時訣同樣凌亂，但他全無打理的意思。

徐雲妮說：「班長，該開會了。」

不可能有比這更掃興的發言了，他翻開視線。

徐雲妮又說：「你答應的。」

他斜睨過來。

時間還是很少，過一下就要走了，又不能真的請假。

人類到底是人類，貪心不足，又瞻前顧後。

徐雲妮重新打開本子和筆。

時訣還是沒反應，她回手拍他一下，他終於動了，懶洋洋地側過身。

他的腹部貼在她的後腰上。

徐雲妮開始一樣一樣捋物品。

時訣有一句沒一句地回應著她的問話。

他可能真熬到頭了，親吻耗盡了他最後的電力，現在說話都黏黏糊糊的……

徐雲妮寫著寫著，筆停下了，她感覺到後腰突然承力，她轉過頭，不出意外地發現，他睡著了。

對不感興趣的事，他裝不了一點。

睡著好啊，徐雲妮心想，讓不可靠的船員冷靜冷靜。

# 第十九章 瑞索斯星

公寓樓外。

一腳踏出，就來到了現實世界。

徐雲妮回去宿舍，正巧陶雨和聶恩貝準備出門。

「妳一大早去哪了？」聶恩貝問徐雲妮。

徐雲妮去桌邊取課本，順便道：「晨練。」

聶恩貝：「哈？妳一大早去晨練了？」

「嗯。」

三個人一起出門上課。

聶恩貝路上還在問：「妳要減肥嗎？妳再減就沒了。」

徐雲妮：「不減肥，只是鍛煉。」她嘀咕著說：「我要鍛煉一下肺活量了……」

大一的課程沒那麼緊湊，今天上午只有一節微積分。

徐雲妮課上的有點心不在焉，明明知道時訣剛睡下，還是看了幾次手機。

陶雨瞧見，問她：「有事啊？難不成顧茗清又發瘋了？」

徐雲妮說：「不是。」

……說起顧組長，她最近確實有點發瘋，但不是對她。

下課了，聶恩貝要去社團玩，陶雨去了圖書館，徐雲妮還是前往學生會，準備把後面幾天的工作提前趕一趕。

她剛到辦公室，就看見幾個人在那說話，他們見她來了，有點避諱的樣子，沒有接著說。

這裡面帶頭的人叫王祿，也是同期幹事，徐雲妮主動跟他打招呼。

王祿點點頭，然後把另外幾個人叫到外面去了。

徐雲妮拉開椅子，打開記事本和電腦，她例行做了工作前準備，泡了一杯花茶。

在裝熱水的過程中，徐雲妮回想剛才的畫面。

王祿對她的態度非常冷淡。

為什麼呢？

徐雲妮其實知道原因，這要從顧茗清組長講起。

據一些小道消息，顧組長好像惹到人了。

誰？

學生會組織部部長張肇麟。

張肇麟何許人也，大二的學長，還兼管外聯部，年紀輕輕，已然一副髮量稀疏，大腹便便，官威顯赫的形象了。他坐著的時候喜歡兩手交叉腹部，站著的時候就一手輕搭在腰上，開會需要下屬把椅子拉開入座，簽個名也要祕書將鋼筆筆帽摘下遞來。

不過他工作能力是有的，所以爬得很快。

據說，他跟顧茗清熟悉起來是顧茗清以交流為名頻頻聚餐，俗稱請客吃飯，這套流程張肇麟再熟悉不過了。然後呢，據不知名人士透露，一來二去，張肇麟可能對顧茗清有那麼點意思，但顧茗清肯定沒看上張肇麟，兩方拉扯了幾下，張肇麟被惹火了，兩邊就較量起來了。

張肇麟職務高，安排各式各樣的事給顧茗清，顧組長能受這委屈？這可都是她平時對別人使的招，於是她推來推去，還想找其他部門的人訴冤，要往上告狀。

反正兩邊現在鬥得正酣。

這個王祿是張肇麟的關門部將。

那他為什麼跟徐雲妮關係這麼差呢？

這原因說起來就令人非常無言了。

徐雲妮早些時候出於某些理由，需要一些事情分散精力，所以她對顧茗清指派給她的各項任務，基本都圓滿完成了，而且她對顧茗清的態度也還可以。結果搞著搞著，別人就認為她與顧茗清的關係，跟王祿與張肇麟一樣，屬於同陣營的排頭兵。

徐雲妮無話可說。

她正在寫會議報告，那邊顧茗清風風火火進來了。

徐雲妮見了她，主動打招呼，「組長。」

顧茗清看看她，說：「妳在幹什麼呢？」

「寫會議報告。」

「週幾的報告啊，還沒寫完？」

「前天的。」

「哦，我還以為上週的，那也不急啊。」

「正好上午課少，我先寫一點。」

顧茗清又「哦」了一聲，頓了頓，說：「對了，明天我們聚餐，妳來嗎？」

……嗯？

比王祿他們認為徐雲妮是顧茗清陣營這件事更詭異的事發生了，那就是好像連顧茗清自己都這樣認為了。

徐雲妮說：「張老師讓我明後天要去二號宿舍那邊調節宿舍矛盾。」

顧茗清皺眉道：「宿舍矛盾？用化妝品那個？」

「對。」

「那兩人純有病，讓她們自己報警啊。」

「張老師的意思是，最好還是別鬧到報警。」

「……妳怎麼好像幹活有癮似的？」

徐雲妮無奈一笑，說：「可能我幹得比較慢吧，對了，組長，明天下午的例會我想請個假。」

顧茗清說：「請假可以，不過妳確定聚餐不來？」她勉為其難透露點機密似的，說了幾個名字，都是學生會的幹部。

徐雲妮說：「我真的來不及了。」

顧茗清看她的眼神就跟扶不起的阿斗一樣，說了句：「……妳進學生會到底為了幹嘛啊？」然後拿了點東西直接走了。

辦公室只剩下徐雲妮。

她昨天睡得晚，今天醒得早，不免睏乏，她對著窗外的陽光打了個哈欠，然後喝著花茶，開始寫報告。

時間很快過去了。

中午的時候，桌上的手機震了一下。

徐雲妮拿來看，是陶雨的訊息，和她約吃飯時間。

徐雲妮又退出去看看時訣，他沒動靜，大概還在睡覺。

徐雲妮跟陶雨和聶恩貝約在學生餐廳門口。

陶雨一路急匆匆跑過來，拉著徐雲妮，又急匆匆地跑進學生餐廳裡。

一看今日菜單，大失所望。

「唉……我就知道。」

「怎麼了？」徐雲妮問。

聶恩貝跟在後面，說：「她想吃烤雞腿，我跟她打賭，今天肯定沒有，以後也沒有了。」

徐雲妮問：「為什麼沒有？」

聶恩貝說：「我也不知道，我們這學餐像跟學生有仇似的，大家喜歡什麼他們下架什麼，都留最難吃的東西，之前麻辣燙裡我最喜歡的丸子也沒了。」

徐雲妮一邊拿著餐盤，一邊說：「那妳們反映啊，不是有意見簿嗎？」

陶雨說：「反映什麼，又沒人看。」

她們吃完飯，陶雨和聶恩貝回宿舍休息，徐雲妮放好餐盤，去意見簿那翻看了一下。本子有點舊，還有點髒，她翻了幾頁，上面有人寫了意見要求，剛開始下面還有回覆，後來就沒了。

徐雲妮直接找到學餐阿姨，詢問管理員在不在。

阿姨喊來管理員，徐雲妮自報了學生會幹事的身分，然後把意見簿的事情說了。

管理員解釋說：「真的不是餐廳不逐條回覆，來，同學，妳看看……」他把意見簿翻開，「妳看看這些字，這妳能認得出來嗎？」

他說的也有道理，這上面的字好多都是連筆，有些還糊成一團，甚至還有人在上面畫卡通人物的裸體畫。

大學，網羅五湖四海奇葩之地。

徐雲妮低聲說：「確實看不清，這也是個問題，要解決。還有，那個，烤雞腿還會賣嗎？」

「啊？雞腿？」管理員說：「這我也不知道，我要去問問……」

徐雲妮點頭：「行，那等我這邊整理一下，再來找你。」

徐雲妮離開餐廳，也回宿舍午休了一下。

下午有兩堂課，一節資訊技術，一節電腦應用。

上到三點左右的時候，徐雲妮手機震動。

時訣傳來三個字——

『我醒了。』

徐雲妮回覆他兩個字：『早安。』

出租公寓內，時訣躺在床上醒覺，看到這句問候，他正在點菸，稍微屈伸了一下右腿。

徐雲妮又問：『你睡夠了嗎？』

『還行，再睡要來不及了。』

『你要去酒吧演出？』

『對，定了今天下午四點到五點，然後凌晨兩點到四點。』

過了一下，徐雲妮又傳來：『你要演到凌晨四點？』

下午，臨街的車道稍顯繁忙，有車子路過的聲音，襯得屋裡更加安靜。

時訣往菸灰缸裡彈彈菸，將手機拿到嘴邊說了句話。

徐雲妮看到語音進來，悄悄從包裡摸出耳機，戴上一支。

他說：『怎麼了，這時間妳要用嗎？』

他的聲音似乎還沒完全醒來，很輕很平，還帶點沙啞，就像貼在耳邊說話。

……廢話，本來就在耳邊，戴著耳機呢。

徐雲妮耳邊發熱，剛要打字，手機又震。

他接著說：『妳要用我就推了。』

徐雲妮緩吸一口氣，回覆：『不是，我是覺得你這樣休息不好吧。』

時訣：『睡得夠多了。』

徐雲妮：『你昨天熬完夜看起來沒什麼精神。』

兩人就這麼一人打字，一人說話地聊著。

時訣拿近手機，眼神上翻，按著語音鍵，幽幽說道：『我有沒有精神妳見到就知道了。』

徐雲妮隱隱聽見他拿東西和走動的聲音……

徐雲妮：『你在幹嘛？』

時訣：『換衣服，要出門了。』

她最後傳給他一句：『放學後我去找你，等我一起吃飯。』

下午只有兩堂課，但偏偏在二四節，下課已經五點多了。

班導師又壓了下時間，講了些事。等徐雲妮回宿舍收拾完東西，已經快六點了，她抓緊時間準備去LAPENA，結果宿舍老師突然來了個電話，叫她過去。

徐雲妮猶豫一下，還是去了。

他們的宿舍老師叫張渤，很年輕，還不到三十歲，個子不算高，有點瘦弱，透著股校園特有的書卷氣，平時很開朗，但碰到正經事的時候，也會非常嚴肅。

他把她叫去問了點情況，包括宿舍矛盾的事，還有別的雜七雜八的工作。

徐雲妮很耐心地應對他的問話。

說了一番，張渤接了個電話，然後又對她說：「走吧，放學了，我們也別在這加班了。」

他們一起往校外走，張渤又問她：「妳知道最近顧茗清跟王祿他們的事嗎？」

徐雲妮：「我不太清楚，他們有什麼事嗎？」

「好像是互相有不滿……」他說著，微蹙眉，「我也不知道他們在搞什麼，妳要是有精力幫我留意一點。」

徐雲妮說：「行。」然後她趁這機會，跟張渤講了學生餐廳意見簿的事，「……我在想，餐廳也不是做不出大家喜歡的菜，而是缺少回饋系統，現在意見簿形容虛設，能不能改進一下。」

張渤問：「妳想怎麼改進？」

徐雲妮：「我還沒想好，我儘快寫個提案。」

張渤：「行，妳弄好跟我說，然後再研究。」

他們聊了太久，到校園門口時，天都黑了。

他們準備分別，張渤做最後總結，「真該讓他們多跟妳學。」

徐雲妮一頓：「什麼？」

張渤：「心思多花在正事上，有些人進個職能部門，真跟步入社會了一樣，一點學生氣息都沒了。」

徐雲妮：「啊……」

她也不知道該怎麼接話，其實她跟張渤並不熟，她開學就開始忙，沒太與老師走動，他們是因為宿舍矛盾這件事才算搭上線。但張渤對她的印象非常好。

「學生就該有學生的樣子，」張渤接著說：「妳看看妳，多好，勤勉務實，踏實淳樸，從來不搞那些虛的——」

他說著話，旁邊忽然傳來幾聲小小的抽氣聲。

徐雲妮正被表揚，擺出了謙虛的姿態，視線一直落在地上，聽到這幾聲吸氣，她跟張渤同步轉頭——

兩三個女生剛出校門，她們看見什麼，用手掌輕輕捂住嘴，小聲說話。

「媽呀……」

「那是誰啊……」

徐雲妮隱隱聽到這兩句，就像有什麼感召似的，頭皮瞬間收緊。

然後她再一次跟張渤同步轉頭——不出意外，果然是他。

時訣神態放鬆，兩手插口袋站在路邊。

他絕對做了點造型，梳著背頭，面目清晰，上身穿著深V領的白色紗綢豎紋上衣，配上深藍牛仔褲，一雙黑皮鞋，搭著一件黑色的休閒西裝薄外套。

他戴著黑繩項鍊，兩對素耳環，和一條銀色手鏈。

跟周圍尚未脫土氣的大學生們比起來，他的畫風很不對勁，尤其夜光和路燈一照，跟氣氛燈似的，在他周身罩了一層柔光，更顯離譜。

所以在理智開始工作前的三秒鐘裡，徐雲妮先本能地被視覺感官刺激了。

這也太……

徐雲妮的好友裡，一直奮戰在尋美第一線的，自封未來攝影界泰斗的丁可萌老師，前天上傳了一則動態，她說——「帥其實是種味道」。

什麼味道呢？丁老師在下方詳解。

——有的人，底子不行硬凹，就像用力過猛的命題作文，寫的累，看的也累；有的人，底子可以，卻沒什麼自覺，充其量就只是平平無奇的好看；而有的人，他們底子可以，平時也只是普通的好看，但他們身上有種隱藏的氣勢，只要稍微想要一下，立刻就能跟普羅大眾劃開結界，那種味道就來了。

這則動態本來是丁可萌在吐槽現在有些紅起來的小明星，公司硬捧，毫無星味。

這一刻，徐雲妮突然頓悟了。

身邊沉沉一聲出氣。

三秒時間到了，徐雲妮的理智開始工作了。

餘光裡，張老師盯著時訣，上看到下，下看到上，上再看到下，下再看到上……說著有點繁瑣，實際就是眼球快速抖動，彷彿在說，這哪來的什麼人？這是我們學校的學生嗎？

這時，時訣看過來了。

徐雲妮瞳孔收縮。

別。

先別。

別別別別別……

張老師就在身邊，徐雲妮不能做太明顯的眼神示意，夜間光線又不足，他好像沒收到訊號。

因為他往這邊來了。

在他邁出步伐的一瞬間，徐雲妮反射般側過身，擋到張老師面前，背對著時訣。

不擋不行，畢竟她現在還是「勤勉務實，踏實淳樸」的徐幹事。

張老師：？

徐雲妮張張嘴，迅速想詞，「那個，張老師，你剛那表揚我聽得都不好意思了。」

「啊？」

「我經驗還是不足，做事情有點慢，還得請您多指導。而且主要是，我感覺我也沒幹什麼……」

張渤回神了，說：「妳怎麼沒幹什麼呢？那宿舍矛盾不是妳調解的嗎？我跟妳說，隔壁系前幾天也報警了，妳猜什麼事？兩個男生打籃球，一個人受傷了，就說對面是故意的，吵著吵著就報警了，妳說說這都什麼事，現在的孩子真是一點委屈都不能受，什麼問題都叫警察……」

Blablabla……

又說了一下，終於結束了。

另外一名老師出來，張老師一招手，兩人就走了。

原來是拉她在這等人呢。

徐雲妮送走張老師，再去找時訣。

人沒了。

她在校門口來回看了幾圈，然後拿手機出來打語音。

不接。

徐雲妮放下手機，搔了搔下頜。

她轉進小路，走了一小段路，來到路口等紅燈。

公寓近在眼前，她抬頭，一眼就瞄定了七〇九室，燈亮著。

綠燈了，徐雲妮過馬路，進社區，步入公寓，上到七樓，來到門口。

她掏鑰匙開門。

他在屋內，好像剛回來沒多久，還穿著剛才那一身，站在桌旁，她進來的時候，他正好在點菸。

徐雲妮關了門，他也轉過身，兩人距離兩公尺多一點，時訣一手拿菸，一手插口袋，慢慢向旁走了幾步，歪著身子靠在牆壁上，右腳在身前地面上一伸一彎，皮鞋尖點在左腳旁側。

他於煙霧中觀視。

這視線，這表情，這涼絲絲的深秋時節。

她說：「班長，久等了吧？」

他不說話。

她又說：「餓了嗎？我們去吃什麼？」

他還是不說話。

完全混不過去。

徐雲妮往前幾步，走到他身前。

她聞到熟悉的香水味……

她說：「班長，剛那個是我們老師，他跟我說點事情。」

徐雲妮又往前走了半步，兩人都快貼上了，她抬手，握住他外側插著口袋的手腕。

「班長，真的是特殊情況。」她解釋說：「主要我們老師近期剛失戀，我怕他看見我有你這麼……」她欲言又止。

時訣終於開口，淡淡道：「我怎麼？」

徐雲妮：「反正他現在見不得別人情侶恩恩愛愛，學生也一樣，我怕他嫉妒，以後亂安排工作給我。」

時訣：「誰跟妳恩恩愛愛？」

徐雲妮：「你啊。」

「是嗎？」時訣勾著一邊嘴角，「我怎麼不知道呢？」

「哎，班長……」

下一秒，時訣的手從口袋裡抽出來，捏著她的下巴，讓她的臉抬起來點。

靜了兩秒，徐雲妮說：「你這表情看起來，像要霸凌我一樣。」

他反問：「不行嗎？」

徐雲妮：「別吧，班長，我對你忠心耿耿啊。」

「哈，」時訣笑了一聲，「徐雲妮，我感覺我真的要好好瞭解妳一下了。」他稍微靠近了點，盯著她的嘴唇，琢磨著說：「妳這嘴，好像也不是看起來那麼老實啊。」

徐雲妮抬起雙手，再次包住他的手腕。

「班長，我們有的是時間相互瞭解，先去吃飯吧，你肯定餓壞了。」

「我不去。」

時訣抽開手，人直起身，往旁邊走。

徐雲妮：「為什麼不去？」

他把菸撚滅在桌上的菸灰缸裡，睨來一眼，輕聲道：「見不得人，還是不要出門了吧。」

「哎喲……」徐雲妮差點沒破功，她過去拉著他的手臂，「來，班長、班長，消消氣，走走走……」

「說了不去。」

她拉不動，就改去身後推。

「我的錯我們路上再接著檢討，關鍵是別把你餓著，走走走，哎，走啦……」

她就這麼一路扯，一路推，終於把時訣弄到門口。

徐雲妮打開門，向外伸手：「班長先請。」

在她鍥而不捨的堅持下，時訣還是出門了。

兩人到了樓下，徐雲妮問：「你想吃什麼？」

時訣風涼道：「我已經餓過頭了。」

徐雲妮：「那我找一家。」

徐雲妮在路邊叫了輛車，兩人坐上去。

都在後座。

徐雲妮說：「我已經在這市裡吃過好多家店了，不錯的店我都記著，想等你來時我們一起去。」

時訣腦袋枕在後面，偏過眼來，顯然因為晚上校門口事件，對此事持著懷疑態度。

信任的重建是多麼困難啊，徐雲妮感慨著，拿出手機鼓搗了一下，然後遞給他。

時訣接過看看。

這是手機的備忘錄，裡面寫了好多東西，除了餐廳，還有觀光景點，裡面連路線，最佳遊玩時間，甚至訂票注意事項都寫得清清楚楚。

裡面還有她自己標注的推薦星級。

他看著排在最前面的項目，淡淡道：「妳喜歡看演出啊？」

那是當地一個很有名的表演，徐雲妮本身對文藝表演沒什麼興趣，但她看介紹，說很不錯，不管是舞臺設計還是燈光效果，以及高科技的創意融入，都做得很好。最關鍵的是，據說這節目演員的舞蹈功底很強，非常專業。

所以她就排在第一位了。

徐雲妮也沒說什麼，就看著他，「啊」了一聲。

對視了三五秒後，時訣先轉開眼神，看向車外。

徐雲妮伸出手。

她的手蓋在他的手背上，用兩根手指夾著他的指頭，先捋了他的食指，又捋了他的中指，到無名指的時候，他終於轉過頭來，他一把抓住她的手臂，直接把她拽了過去。

「哎……」徐雲妮就坐到了後座中間。

他們肩膀相互壓著，徐雲妮稍偏過頭，跟他說：「班長，今晚在校門口，真的是我一下子沒反應過來，主要是你、你……」

時訣看著她，徐雲妮的聲音降得更低，說：「你下次來學校，別把頭髮都梳到腦後吧。」

他問：「為什麼？」

徐雲妮：「你在華都上學的時候也沒梳啊。」

他說：「我現在又不上學。而且梳個頭髮怎麼了，多普通的髮型，你們學校沒人梳嗎？」

搞笑，他們跟你能一樣嗎？

徐雲妮看著他，時訣坐姿永遠懶散，身體下沉，一直到膝蓋頂到駕駛座的車椅上，動不了了為止。

她說：「主要是你搞得太帥了，我壓力有點大。」

「這樣嗎？」

「嗯。」

「哦，那還好，」時訣勾著嘴角，「我還以為妳覺得我太招搖過市，影響妳在老師面前的正經形象呢。」

徐雲妮：「哪是啊。」

他們越說離得越近，時訣伸出一根手指，撥了一下她的下頜。

「徐雲妮，視而不見，妳是不是要補償我啊？」他淡淡道。

合理。

「怎麼補償？」

「嗯……」他摸著摸著，研究道：「……讓我好好想想吧。」

徐雲妮說：「行。」

這事總算是過去了。

餐廳離學校不遠，二十分鐘左右就到了，店在一處古跡附近，裝潢很講究，內部有個巨大的玻璃庭院，裡面有老樹製成的桌椅，花植繁茂。是本地菜系，有傳統菜、仿古菜，還有特色藥膳。

他們坐在同一側，點了四個菜，兩份甜點，一份湯。

這一頓，時訣吃得蠻多的。

他好像真的餓了……

對此，徐雲妮不免心虛，她替他盛湯出來，銀耳鴨肉湯，補鈣又潤肺。

徐雲妮感覺自己很喜歡看時訣吃飯，也不是說他吃得有多講究，多優雅，反倒是有種俐落灑脫的美感，人好看，姿態也好看，而且總是吃得非常乾淨。

兩人一邊吃飯一邊聊天，不知不覺，一桌子的菜都吃光了。

時訣好像吃撐了，出店的時候，捂著胃，不行了似的。

他一條手臂搭在徐雲妮的肩膀上，身子往她那倒。

重得要命。

徐雲妮：「你沒喝酒吧……」

「啊，撐死我了……」他黏糊糊地說著，掏了根菸點著，「一站起來更脹了……」

「你吃太多了，你之前都沒吃過這麼多。」徐雲妮感覺時訣吃飯很看情緒，記憶裡，除了在他家麵館，他能吃得多一點，剩下在麥當勞，以及醫院，他吃飯都跟咽藥一樣。

徐雲妮一邊努力撐著他重重的身體，一邊說：「班長，你能吃進去兩公斤的量嗎？」

「我是豬嗎？」

難說。

「妳在想什麼？」時訣咬著菸，掐著她的臉蛋轉過來，警告道：「徐雲妮，妳欠著我補償，我還沒提呢，妳小心著點，嗯？」

「哎，班長哪是那種人啊。」

「哈，少來。」

他還壓著她，兩人歪歪扭扭往前走。

徐雲妮：「好好走路吧，別讓人看見了……」

「誰看見？」這條路很僻靜，要走到路口人才多起來，時訣腦袋轉一圈沒看見人，往上指了指，「它啊？」

徐雲妮抬眼，見頭頂的月。

「沒事，妳等著，」時訣笑著，深吸口菸，然後仰頭朝上，長長吐出雲霧，雪白的脖頸在月色下，像白龍吐水似的，他指了指天，說：「妳看，遮住了。」

徐雲妮：「太好了，這就安全多了。」

「哈哈。」他笑了兩聲，然後低下頭，吻住她。

墨綠的樹影，暖黃的燈，這一帶有好多古跡，各處都沾點古色古香的氣氛，如臨夢中。

這是徐雲妮的初戀。

在這場戀愛中，除了極致的體驗之外，她也懂得了很多新知識。

其中一個就是——親密接觸只要發生過，就會一直發生下去。

比如牽手，比如親吻。

以前徐雲妮覺得，感情應該是發於情止於禮的，在大街上與人相擁接吻這種事，無論如何都有點太過頭了。

可見人轉變之快。

時訣很喜歡這種接觸。

他們回了出租屋，他關上門就抱住她親吻。

親到她嘴都疼了。

「休息一下吧。」她說。

他說：「妳不是擔心我沒精神嗎？」

徐雲妮看著他的眼睛，看久了，生出一絲迷惑，說：「本來是擔心……可能我還不夠瞭解你。」

時訣感覺這話他自己好像也想過。

他笑了笑，放開她，走進房間裡，把外套脫了扔旁邊。

他問她：「要喝點酒嗎？」

徐雲妮說：「……酒？」

時訣：「度數不高，喝著玩。」

徐雲妮：「好。」

時訣拿了兩個玻璃杯放在桌上，然後從冰箱上層取來凍好的冰塊，每杯放幾塊，又取來梅酒和蘇打水。

他做這些事的時候，徐雲妮就坐在椅子上，一手撐著臉看著。

賞心悅目。

在頭頂燈光的照射下，他這件白色襯衫上，深V的領子和上面隱隱的細條紋都泛著冷光的質感。他的袖口挽起一些，到手臂中段，他做過的髮型，以及耳環、項鍊和手腕上的鏈子，一切都很賞心悅目。

「再看要收錢了啊。」他一邊兌酒一邊說。

徐雲妮說：「班長，有時候看你，像在看電影似的。」

「電影？」

「嗯，你知道我第一次有這種感覺是什麼時候嗎？」

「第一眼見我的時候。」

「哇……」徐雲妮感慨，「班長，你真的好自信啊。」

時訣把一杯酒放到她面前。

「不是嗎？」他問。

「不是，是去舞社找你吃飯的那次。」她拿來酒，又補充道：「第一次跟你說話那次，我只覺得你有點詭異。」

「詭異？」

徐雲妮：「你莫名其妙偷看我，說話還那麼嗆。」

他笑著說：「我偷看妳？」

「沒有嗎？」

「那是丁可萌偷看妳。」

時訣自己的酒也弄好了，他拿來椅子，看起來像是從酒吧借來的，他坐到椅子上，側著身對著她，兩腿相疊。

他把那天早上的事情講了一遍。

徐雲妮聽完，說：「那你當時怎麼不說清楚？」

「我幹嘛要說？」他笑道：「妳氣勢洶洶的樣子多搞笑。」

「……」

徐雲妮拿起酒杯，想了想，雖然以前這話她已經說過了，但還是忍不住又說一遍：「你真的有點惡趣味，你怎麼這麼喜歡讓人誤會你？」

「這不是解釋清了？」

「那要是沒這個機會呢。」

「要是沒這個機會，」他喝了口酒，隨口道：「那更說明不需要解釋。」

害。」她喝了口酒。

徐雲妮「啊」了一聲，點點頭，品評道：「怪不得班裡同學都說你外熱內冷，涼薄得厲

時訣看著她，說：「妳也這麼想？」

「涼薄我覺得還好。」徐雲妮放下酒杯，又說：「不過，清高是真的有點。」

「……清高？」

「班長，你有點精神潔癖的，你感覺到沒？」徐雲妮琢磨著，「不過也正常，這應該是藝術──」

她說到一半，像觸發了什麼關鍵字一樣，時訣馬上抬手，「再說，妳再說。」

徐雲妮把那個「家」字硬生生憋回去了。

時訣眼珠小小一翻，拿起酒杯喝酒。

徐雲妮就把這個話題略過去了。

「對了，班長，我還沒問，你下午演出怎麼樣？」

「還行。」

「一定很好，你本身那麼專業，又很重視。」

「我重視嗎？」

徐雲妮瞇著眼睛靠前，盯著他的眉眼，說：「我沒看錯的話，你是不是……化妝了？」

其實是非常非常淺淡的妝容，應該只在眉毛和眼睛上動了點手腳。時訣化妝手法嫻熟，

妝容服貼自然，根本看不出痕跡，但就是跟平日裡不同，再加上這身衣服，整個人看起來更加精細，也更加蠱惑。

時訣生活裡並不是特別張揚炫耀的人，徐雲妮以前跟他在外面見過面，他要麼穿運動服，要麼就是休閒裝，他去華衡找她的時候也只是一身輕鬆的裝束，去她的大學，根本沒必要這麼隆重，還化妝。

這頭髮，這造型，明顯是為了演出做的準備。這其實有點像之前徐雲妮在「陪酒之夜」見到的他的狀態，聽他哥說，那晚他跳了舞。

不論原因如何，只要有表演，他都會精心準備。

「妳看出來了？」他摸摸自己的下巴，「化了一點點。」

「我就說，帥得有點離譜了。」

「哈。」

怎麼形容呢，徐雲妮很喜歡他這種認真準備演出的態度，這讓她覺得他，非常性感。

這念頭出來，徐雲妮微微詫異。

酒精的力量真的有點可怕……

她想著，把剩下一點喝光了。

她已經喝了一杯了。

時訣又倒了一杯給她，他自己那杯喝得很慢，但看她喝完了，他也一口飲盡，再倒上新的。梅酒度數不高不低，被氣泡水和冰塊稀釋了一遍，一杯只是淺淺的微醺狀態。

徐雲妮撐著臉，看著酒杯。

她問：「……你晚上不是還要去彈琴？這麼喝沒事嗎？」

「就這麼一點。」

「哦，又不是當初在路邊抱著牆吐的你了。」

時訣一手拿著菸，朝她挑挑眉。

徐雲妮感覺腳下有些觸感。

這是一面四方的桌子，他們隔著一個桌角，面對對方坐著，他們都疊著腿，她左腿在上，他右腿在上，腳離得很近。

他的鞋尖順著她的鞋底從下刮到上。

好長的皮鞋，瘦長的鞋面……

她很喜歡他這些乾淨的鞋子，喜歡那些板鞋白白的邊緣，也喜歡這種皮鞋鋥亮的鞋尖。

徐雲妮拄著臉，低頭看著。

他的鞋尖劃到最上方，腳踝一動，輕輕點了點。

她的腳就被他頂得翹起了些。

「胡說八道，我什麼時候抱著牆吐了。」

「沒有嗎？」

「沒有。」

「那就是我記錯了……」

她的樣子落在時訣眼中，有點迷糊。

她一定不常接觸酒，時訣心想，基本毫無經驗，一點點酒精就能使她的視線和聲音變得綿長輕緩。

時訣說：「妳那天故意惹我生氣了吧。」

「有嗎？」

「有，妳好好想想。」

她細長的手掌支著太陽穴的位置，想了一下，抬起眼簾。

「沒有啊，」她輕聲道：「我覺得你挺喜歡的啊。」

她臉頰的髮絲垂而不搖，目光似水迷離，經過一日勞作，她的精氣隨著太陽和酒精，一同沉落在冷光燈之下。

某一刻，時訣好像忽然理解了，她所說的「看你就像看電影似的」的含義。

他笑了一下，隨後，又笑了幾聲，點點頭，說：「……對、對，是我記錯了。」

他掏出一根菸，在手背上磕了磕。

她一直看著他，目不轉睛。

「總盯著我幹嘛？」

「不能看嗎？」她說：「你不是我的嗎？」

「哎喲……」時訣手肘抵在桌面上，身體向前一點，「看看這說的是什麼啊，這點酒就成這樣了。」他問她，「既然我是妳的，在校門口怎麼不認啊？」

「啊……」徐雲妮也再次想起今晚的事，「我真的沒反應過來。」她的視線空空的落在某處，許久後，喃喃說道：「班長，有時候，我會覺得自己還是個小孩……」

雖然她已經成年了，雖然她已經獨自一人離開家千里之外求學，雖然她好像已經經歷了很多很多事。但徐雲妮偶爾還是會冒出，自己尚是個孩子的念頭。她好像永遠不會長大，她很幼稚，要規規矩矩地生活在家長和老師的庇護之下，要盡到好孩子的本分……

關於叛逆的事，只是生活偶爾的調味劑，而關於愛情的一切，更是不可外泄的最高機密。

徐雲妮還在愣神，聽到兩聲笑，時訣把菸點著，甩了下火機，說：「本來就只是個小女孩啊。」

……這樣？

徐雲妮心想，兩歲的差距有很大嗎？

她是小孩，那他呢？

「班長，找個時間，我叫上我室友跟你一起吃個飯吧。」

「行啊。」

「明天怎麼樣？」

他還是說：「行啊。」

徐雲妮垂下頭，摸了摸因為酒精的刺激微微發熱的面頰。

「……陶雨如果知道她心中的『臺柱』是我男朋友，一定很驚訝。」

「『臺柱』？」

「她是那麼說的，就是那個告訴我你住在這的人，她在店裡打工，通常早上去。」

「哦，我有點印象。」他說：「她見過我彈琴，會這麼想很正常。」

徐雲妮笑了笑，「不過班長，你一天彈這麼久，手不會抽筋嗎？」

「不會。」時訣往菸灰缸裡彈彈菸，又說：「我小時候，我爸把我鎖屋裡練琴，每天八個小時起跳。」

徐雲妮捋頭髮的手頓了頓，印象裡，這好像是他第一次主動提起他小時候的事。

「你爸對你望子成龍？」

「不是，他要討好他女朋友。」

「……什麼？」

時訣淡淡道：「他交過的女朋友裡，鋼琴和吉他那兩個水準最高，我入門就是跟她們學的。」

徐雲妮心說是她喝多了嗎？

怎麼聽不懂呢。

「……你爸出軌了嗎？」

時訣笑笑，菸拿在嘴邊：「怎麼，擔不擔心基因遺傳？」

「遺傳？你嗎？」

「啊。」時訣含著菸，看著她。

徐雲妮靜了一下，說：「班長，至少等我們吵過幾次架之後，你再研究出軌的事吧。」

時訣突然笑出來，咯咯幾聲，說：「……哎，我爸沒出軌，有女朋友就是出軌嗎？妳的想像力太匱乏了。」

他又倒了兩杯酒。

那瓶梅酒不知不覺快被他們喝見底了。

然後，時訣跟徐雲妮講了時亞賢的事。

他講了時亞賢那有點荒誕的一生，講了他跟崔浩的關係，也講了他跟吳月祁的關係……

在徐雲妮微醺的狀態裡，她感覺時訣講述其父的語氣，稱不上懷念，也稱不上遺憾，只是平平常常，甚至帶著點吐槽。

「妳還說妳像小孩，妳跟我爸比起來，那真是天差地別。」

徐雲妮也大致瞭解了，為什麼他總說將來不會做藝術家。

「……愛他的女人有很多，但沒有一個有結果，」時訣攤開一隻手掌，「完全是他自己的問題吧，一個男人，把生活過成那樣，他以為人靠吃花瓣就能活下去嗎？」

徐雲妮聽他說了很多話，最後說：「我想看一看。」

「看什麼？」

「你爸爸，你有照片嗎？」

時訣一頓：「……照片？」

不知為何，徐雲妮覺得，他一定有。

出於什麼原因這麼篤定呢，也許是因為他寫歌用的名字。

他把手機拿出來，翻了一下，遞給她，「就這一張。」

這是一張老照片，是用手機翻拍的。

這是九十年代初期的照片，當時時亞賢很年輕，沒比現在的時訣大幾歲，他坐在山麓間的涼亭裡拍照，涼亭後面是一片小湖，湖中盛開著白色的荷花。時亞賢留著半長的頭髮，穿著白襯衫和米色的西裝褲，腳下是一雙皮鞋。他也是疊著腿坐著，身姿修長而放鬆，一隻手臂搭在涼亭外，指間夾著菸，對著鏡頭笑。

鏡花水月，空中的樓閣。

她再看看時訣，於煙霧中微斜的身姿。

「能說嗎……」徐雲妮喃喃道。

時訣：「什麼？」

徐雲妮：「你跟你爸一模一樣啊。」

對於她的這番結論，徐雲妮感覺時訣第一個反應是想反駁。話都到嘴邊了，他又咽了下去。

最後，他只說了一句：「長得是有點像。」

何只長相，氣質、身姿，甚至連手指夾菸的角度都如出一轍。

徐雲妮再看看照片，怪不得他質疑他爸以為自己靠吃花瓣就能活下去……時亞賢確實會給人這樣的感覺，好像飲著露水就能生存。

「那你後來算是，」徐雲妮說：「被你媽和你哥一起帶大的？」

「我媽肯定是，我哥……」時訣想起崔浩，笑了聲，「他是很想表現出長輩的樣子，但有時候腦子跟不上。」

「腦子？」徐雲妮怔然道：「崔浩傻嗎？」

時訣：「妳不是跟他見過面嗎？」

徐雲妮回憶了一下，說：「我倒是覺得他挺好的，很講義氣。」

時訣聽了，笑道：「這點是沒人能跟他比。」說完，他嘴角小小抻了抻，「但還是傻，跟我爸一樣。」

徐雲妮心想，可能「傻」在他這屬於褒義詞。

徐雲妮再次垂眸，看著時亞賢的面容，情不自禁地說：「你爸太好看了，你以後也會變得這麼好看嗎？」

「不能。」

「……那太可惜了吧。」

「徐雲妮，妳夠貪心的，」時訣斜眼看她，「妳將來碰到比我帥的人就要變心是嗎？」

徐雲妮抬頭：「除非是你爸這種，否則不可能的。」

時訣聽得張口結舌，「妳喜歡我爸？妳醒醒吧，妳會哪怕一樣樂器嗎？吹個口哨聽聽看。」

「不會。」

時訣哼了一聲，又說：「而且，妳別光看臉，妳真的跟他過起來就知道了，臉能當飯吃嗎？」

徐雲妮：「過日子需要多少錢啊？」

時訣覺得她這問題很傻。

「多了去了，他女朋友都是搞音樂出身，一架琴多少錢？想錄音的話，別說買設備了，租都多少錢？我爸除了長相氣質，和那點跳舞的功底，其他什麼都沒有。照片裡那件褲子，他穿了有六七年了。」

「啊……」徐雲妮再次低頭，看著照片，「你爸可能是另一個世界的人……」

時訣不以為意。

徐雲妮又說：「你不也是從瑞索斯星來的嗎？」

時訣聽得哭笑不得，說：「妳有點喝多了。」

「也許在他那個世界，」徐雲妮繼續琢磨道：「人只靠吃花瓣和愛就能活下去。」

時訣聽著這認真到有點傻氣的分析，笑容頓了頓，某一瞬間，陷入了恍惚之境。

他被酒精催得，不知想起什麼往事，久久之後，眼底驀然一陣發熱。

他吸口氣，撇開眼，望著窗外的方向一陣子，再次回頭，伸手把手機拿回來。

「別看他了。」

徐雲妮坐了一下，說：「其實我也像我爸，不管長相還是性格，從小到大見過的所有人都這麼說。」她也把自己手機拿出來，找到一張她與徐志坤和李恩穎的全家福，遞給時訣，「你看。」

時訣沒有接手機，只垂眸瞄了一眼。

這是一張一家三口在國外度假的照片，他們應該是在某個溫泉飯店裡，戶外浴池，遠處就是峻嶺與雪山。

他「嗯」了一聲，就讓她拿回去了。

跟對時亞賢的情況十分好奇的徐雲妮不同，時訣對徐雲妮的家庭似乎並不想多問什麼。

「不像嗎？」徐雲妮看看照片裡的自己和徐志坤。

時訣說：「挺像的。」

徐雲妮收起手機，晃晃空了的酒杯，問：「還有嗎？」

「有，但妳不能再喝了。」

「為什麼？」

時訣把她的杯子拿開，站起身到她面前，還是那麼兩手插口袋一站。

「妳已經有點醉了。」

徐雲妮仰著頭看他，說：「班長，你特別喜歡用鼻孔看人呢。」

時訣：「妳也可以啊，只要再長高點。」

徐雲妮：「我已經算很高的了。」

「是嗎？」他揚揚下巴，「站起來，比比。」

徐雲妮站起來，然後發現他的視線還是垂著的。

她看著他的面龐，冰白的皮膚，細長的眉眼，高挺的鼻梁……

經過一晚的折騰，有絲絲碎髮垂落額前。

徐雲妮抬起手，兩隻細長的手掌搭在他的肩膀上，借了點力，踮腳起來。

時訣被她這舉動逗笑了，說：「這還是不夠啊。」

徐雲妮輕聲說：「不是為了比個子……」

然後，她就貼在了他的唇上。

初戀最先教會人的事——親密接觸只要發生過，就會一直發生下去。

脣齒之間，酒精的味道是那麼濃郁，舌頭的觸感又是那麼柔軟，混合著梅子的酸甜，和氣泡水的清爽，還有鼻息間菸草與香水混合的氣味，徐雲妮被梅酒迷惑，她的指尖向上，摸著他的脖頸，摸著他乾淨整潔的後頸髮，指腹之間逆著髮梢的硬硬的觸感，好像比口舌間的接觸更令她心神蕩漾。

時訣在最初的停頓之後，手攀上她的腰。

徐雲妮還是穿著那件淺駝色的打底，外面是一件針織衫，針織衫比較寬鬆，穿著的時候不顯什麼，但當他的手放上去時，握實那薄薄腰身的時候，瞬間就閉上了眼睛。

他的呼吸越來越急促，她被他吻得揚起了頭，向後折腰，好幾個瞬間徐雲妮都覺得自己要被推倒了，但其實他都扶得很牢。

……他是不是練過什麼祕笈？

此般意亂情迷的臉龐，和穩如泰山的手掌，真的能同時存在嗎？

他開始時是親吻她的嘴唇，後來是面頰、下頜、脖頸……

她又有點喘不過氣了，環住他的脖頸。

她錯開嘴唇，臉貼在他的耳側，把他緊緊抱住。她喘息著說：「我緩口氣，時訣，我緩口氣……」

她的心跳得太快了。

他也抱著她，輕聲問：「要不要再喝一點酒？」

徐雲妮說：「你剛才不是說不能喝了嗎？」

他緩緩「啊」了一聲，說：「我忘了……」

但他感覺，讓她喝點酒好像很不錯。

徐雲妮扶開他，再次看著他的臉龐。

她喜歡他在親密接觸後，如濕如醉的眼睛，喜歡他發紅的嘴唇，和那很有特點的表情，些許冷淡，些許專注。

每一次接觸後，他都是這樣的神色，接觸時間越久，就越深入。

「為什麼總這樣盯著我？」他說。

她凝視著他的面容，說：「可能是我太好色了。」

「……哈，」時訣嘴角慢慢勾起，摸摸自己的下巴，「我也發現了。嘖，徐雲妮，妳最近完全被我迷住了啊。」

徐雲妮覺得他說得甚有道理，「怎麼辦？」

「我管妳怎麼辦。」時訣心情不錯，放開她，到桌邊把他那杯酒裡沒融化的冰塊倒嘴裡。

徐雲妮醉醺醺的目光一路追隨，望著他身著柔軟白襯衫的寬闊後背，認認真真地冒出一句：「時訣，你將來要是出軌，我說不定會去你公司門口拉橫幅……」

「哈哈……我說——哎！」

這可能是時訣近兩年裡聽到的最好笑的臺詞，要素太多，他一下子笑噴出來，但他正在嚼冰塊，嘴裡一錯位，狠狠咬了舌頭。

「哎……」他皺起眉，捂著嘴巴，一屁股坐到椅子上，感覺像被咬下來一塊肉，疼得眼前冒白光。

徐雲妮見了，趕快抽了兩張衛生紙，過去先把他含不住的冰水擦掉。

他挑來一眼，怨氣甚重，「……疼死了！」

他的眼睛被疼痛激得發紅，濕漉漉的。

徐雲妮：「我的錯，我不該威脅你，你去床上躺著，再冰一下。」

她讓時訣去床上休息，然後去冰箱拿了冰塊，又讓他含著。

他疼得發出綿綿呻吟，在床上翻來覆去。

徐雲妮：「要去醫院嗎？」

他不去。

又這麼賴了一下，徐雲妮說：「班長，你舌頭變成這樣，明天還能跟我室友吃飯嗎？」

時訣斜眼，徐雲妮又說：「要不然換一天吧。」

時訣：「抹事——」

都疼成大舌頭了，徐雲妮忍不住扯動嘴角，時訣瞪眼，徐雲妮忙說：「我出去一下。」

她在時訣的不善的眼神下出了門，過一下，拿著淡鹽水漱口液，還有消炎藥和止痛藥回來了。

時訣跟脫骨雞爪似的，癱在床上讓她餵藥。

徐雲妮把他搞好，又收拾了桌上殘留的酒具。

時訣一晚都沒感覺什麼，就這麼躺著看了她一下，醉意卻漸深。

「我先回去了。」做好事情後，徐雲妮對他說。

他半張臉埋在枕頭裡，「嗯」了一聲。

徐雲妮離開了。

她回到宿舍的時候，陶雨和聶恩貝都在寢室裡，兩人都在看書。

陶雨見她酡紅的臉頰，問：「妳怎麼了？」她再一聞，「妳喝酒了？」

「我剛去……」徐雲妮剛準備編點什麼，忽然反應過來，改口道：「我老家的同學來了。」

「啊，來找妳玩啊。」

「是我男朋友。」

「……」

陶雨眨眨眼：「啊？」

聶恩貝也回頭，說：「什麼情況？妳哪來的男朋友，妳不是說沒有嗎？」

徐雲妮走到桌旁，放下包，說：「妳之前問的時候還沒有，是他來了之後我們才確定的。」

「哈！」聶恩貝轉過來抱著椅背坐著，聊起八卦，「剛確定的？妳跟他去玩了？」

「嗯，一起吃個飯。」

聶恩貝：「然後喝了酒唄，哇哦，老同學再次見面，激情四射了，就確定關係了？」

徐雲妮脫下外衣，掛在衣架上，用黏毛滾刷滾了幾遍，收到衣櫃裡。

她說：「差不多，他是我以前的班長。」

陶雨：「那成績應該不錯吧，他在哪個學校啊，也是我們這邊的嗎？學什麼的？」

「喲……」徐雲妮歪歪頭，「他沒往這方面發展，現在沒上學，他升學考不太順利，今年重讀再考。」

聶恩貝就說：「那他重讀都來找妳啦，真愛啊！」

徐雲妮：「嗯。」頓了頓，她問她們，「明天中午，他想請客吃個飯，妳們能來嗎？」

陶雨：「這怎麼搞得跟家屬似的！」

徐雲妮想起什麼，對陶雨說：「妳見過他的。」

「嗯？」

「時訣。」

陶雨花費了至少七八秒鐘，才對上人。

不是她反應慢記性差，而是根據徐雲妮剛剛的描述，她一開始就進錯資料庫了。

陶雨的嘴巴慢慢張得老大。

「……啊？」她結結巴巴，「那、那個……那個人是妳『老家的同學』？」

「對。」

於是，徐雲妮又花費了一點時間，跟陶雨和聶恩貝描述了時訣的藝術生身分。

陶雨聽完，依舊震驚，說：「一點也看不出來是學生啊，妳知道我那天早上看見他，感覺就……就跟那種流浪歌手似的，居無定所，打一槍換個地方。」

徐雲妮笑笑，說：「沒那麼誇張，有家，不流浪。」

徐雲妮去洗了澡，洗完酒勁還未消。

她跟時訣定好明天中午見面的時間，還找好了吃飯的店。

然後她回到桌前，開始寫學生餐廳意見簿的改進提案，查了半天，寫了半天，又打電話聯絡了半天……

終於到了熄燈的時候。

徐雲妮幾乎是沾到枕頭就睡著了。

# 第二十章　七〇九室

第二天。

一上午的民法課，上得人頭暈目眩。

上到最後一節課，老師正在臺上講解民事法律關係的要素，徐雲妮手上記著筆記，口袋裡一震，時訣傳來訊息。

他說他已經起床了，等等來校門口等她。

上完課，徐雲妮和陶雨還有聶恩貝三人穿過教學區，先回宿舍把書放了，然後一起去校門口。

徐雲妮一眼就看見了時訣。

她舉起手：「這裡！」

時訣看過來，朝這邊張開了手掌。

他穿了一件寶石藍的連帽衣，一件白褲子，和一雙白色的板鞋，簡化了首飾，只戴著手鏈。他應該是剛洗完澡，皮膚透著清爽的質感，頭髮也剛吹完，在午間的陽光下，蓬鬆而凌亂。

同樣惹人注意，但比昨晚的衝擊力小多了。

徐雲妮幫他們互相介紹，說：「這是我男朋友，叫時訣。這是我室友，她叫聶恩貝，她叫陶雨……你見過她，之前在酒吧，你記得吧。」

時訣說：「記得。」

他們一起往馬路對面走，準備去前面的小商場吃飯。

「吃什麼呀？」聶恩貝問道。

徐雲妮：「妳想吃什麼？」

聶恩貝故意說：「是有人請客嗎？」

時訣笑了笑，說：「我請。」

聶恩貝：「那能狠宰你一頓嗎？」

時訣：「喲，妳千萬別留情。」

他們走了一下，來到附近的商場，規模不大，不過因為地理位置好，人流量還挺多的。

他們進到裡面，隨走隨看。

聶恩貝挑了一家火鍋，陶雨和時訣都同意。

徐雲妮也只能同意了。

現在正是午飯尖峰期，但選擇中午吃麻辣火鍋的人居然不少，他們找了個靠窗的位子坐下，玻璃窗外能看見馬路，車流行人絡繹不絕。

雖然嘴上說要宰人，但真的把菜單給聶恩貝的時候，她點起菜來又磨磨蹭蹭的。

時訣和徐雲妮坐在一旁，時訣看著對面那兩人湊在一起研究了半天，點了馬鈴薯片和海帶苗，不禁笑起來。

「妳們逗我玩呢。」

聶恩貝和陶雨品出嘲諷意味，紛紛咬牙，兩人再次湊在一起，這次下了大手筆，點了好幾道貴菜。但氣勢沒維持多久，點到第三道葷菜的時候又開始猶豫了。

最後時訣伸出手，勾勾手指頭。

聶恩貝把菜單給他，時訣自己點了幾道，然後給徐雲妮，徐雲妮也點了幾道。

他們一邊吃東西一邊聊天。

聶恩貝跟時訣說：「聽徐雲妮說你是藝術生？」

時訣：「嗯。」

「那你這次是請假過來找徐雲妮玩嘛？」

「對。」

「高三還能請這麼久假啊？」

「我們那學校管得不嚴，隨便請。」

陶雨也問：「那你明年要考我們這邊嗎？」

時訣：「看看情況。」

徐雲妮幫他們串場，跟時訣介紹陶雨，說這是我們寢室入學成績最高的，然後又介紹聶恩貝，說她參加了我們學校的音樂社團。

提起音樂社團，聶恩貝說黎傑也在 LAPENA 演出，問時訣見過沒。

「誰是黎傑？」時訣問。

陶雨：「我們一個學長，音樂社團的團長，他每週都帶學校樂隊過去的，大概晚上七八點的時候演出。」

徐雲妮跟時訣描述了一下黎傑的外貌特徵，時訣想起來了，「哦，是那夥玩前搖的。」

聶恩貝：「什麼前搖？」

時訣：「前衛搖滾，一種音樂風格。」

徐雲妮說：「我在店裡聽過他們演奏，跟其他樂隊不太一樣，一首歌要十幾分鐘。」

時訣說：「前衛搖滾有不少是這樣的，結構組成比較複雜。」

他們吃著飯，閒聊著有的沒的，徐雲妮這邊進來個電話，起身去一旁。

時訣看著她走開的身影，放下筷子，手肘搭在桌子上，跟陶雨和聶恩貝說：「哎，徐雲妮平時在學校都幹什麼？」

聶恩貝正在吃麻糍，聞言要開口，陶雨趕緊讓她停住，對時訣說：「別想套話哈，我們跟徐雲妮才是一夥的。」

「對對對。」聶恩貝立刻應道。

時訣朝她們笑了笑。

真是亂花漸欲迷人眼。

陶雨說：「徐雲妮你都不放心，那這世上沒有能放心的人了。」

聶恩貝：「就是。」

時訣淡淡道：「沒不放心，只是問問，畢竟我還沒機會上大學，有點好奇她的生活。」

「……」

陶雨和聶恩貝互相看看，要是他想查人嘛，她們肯定要強勢站隊的，但被他這麼一看，這麼一說，好像又有點慘兮兮的……

陶雨說：「徐雲妮基本沒有課外活動的，從來不出去亂玩，」她細數，「你看啊，就是寢室、教室、學生餐廳、圖書館、學生會，這麼五個地方。」

聶恩貝：「對，她每天工作超多！畢業就是四年工作經驗了，哈哈。不過她以後應該考公檢法的嘛，就當提前體驗牛馬生活了。」

徐雲妮這電話打了大概五六分鐘。

通話對象是本校學生會副主席，叫馮鑫源。她昨晚聯絡到他，因為學生餐廳意見簿改進的事，徐雲妮初步的想法是一邊保留傳統的手寫意見簿，另一邊做一個掃碼的小程式式電子意見簿。她聽說馮鑫源是電機系的，就找到他的聯絡方式，昨晚打電話跟他說明情況。

馮鑫源問她詳細情況，要做什麼內容，徐雲妮加了他好友，把自己整理初步提案傳給他，他說他先看看。

他今天就聯絡了她。

『這事妳跟老師說了嗎？』

「我跟我們老師說了，他讓我先做個提案，然後會上討論看看。」

『我看妳這裡還寫了一個餐品的打分投票功能。』

「對，我是想這種直觀一點，不可行嗎？」

『功能上實現起來不難，不過這個還是要跟學生餐廳那邊說清楚，菜品的目錄、圖片，還有投票之後他們能不能根據同學的想法留住菜品，或者增量，這都要跟他們溝通好。』

「你稍等，我記一下。」

『嗯。』

跟他們新生代的學生會成員風格不同，大三大四這一波的學長們多少還秉承了一些優良傳統。尤其這位馮鑫源，徐雲妮只在大會上見過他兩三次，印象裡是個很不起眼的理工科男生，長得又黑又瘦，戴著一副厚眼鏡。據說，當年他被直升成學生會副主席，就是因為靠一己之力升級了學生會紀檢部的系統，大大提升了工作效率。

徐雲妮跟他打完電話，約好了有進展再溝通。

她回到餐桌，繼續吃飯。

陶雨問了句：「誰啊？」

徐雲妮說：「學生會的。」

聶恩貝一指她，對時訣說：「你看，我就說吧，肯定是工作的事。」

徐雲妮看看他們，說：「我才走這麼一下，你們聊挺熟啊。」

這一頓飯吃的，三人歡喜一家愁。

主要聶恩貝和陶雨分別來自兩個超能吃辣的省份，再加上時訣這個無辣不歡的胃，三個人吃得開開心心。

而徐雲妮到最後，那真是鼻涕一把眼淚一把，渾身都是汗。

那三人一起嘲笑她，看，多菜。

吃完飯，時訣去結帳。

然後他們在商場門口就散了，陶雨和聶恩貝要回學校，徐雲妮跟時訣則去了公寓。

返校路上，陶雨和聶恩貝聊起時訣。

「妳別說，」聶恩貝說：「確實帥，太帥了。」

「妳有點E啊，還能跟他聊起來，我看他都有點害怕。」

「怕啥？人不是挺好的嗎？」

「我就覺得……」陶雨咂摸一下嘴，「有點高冷……」

聶恩貝想想，說：「還可以吧。」

可能是第一印象太關鍵了，那個在清晨霧氣中，穿著黑衣，抽著菸，用冷淡的笑容對薇薇說話的身影，給陶雨留下的印象太過深刻了，以至於就算今天時訣穿著淺色衣衫出現在陽光下，他給她的感覺，依然像罩著一層迷霧似的。

「……這人可靠嗎？他能好好跟徐雲妮談嗎？」

她們正在過馬路，聶恩貝沒聽清楚，「什麼？」

陶雨搖搖頭。

被人擔心著的徐同學，此刻也在過馬路。

不對，準確來說，是在等綠燈。

為什麼綠燈也要等呢？

因為她沒注意已經變綠燈了。

剛才她在跟時訣聊天，說了幾句話，她也沒太留心，然後他們走到路口等紅燈，時訣點菸，他們安靜了一下。

就這麼片刻的功夫，她腦子裡又想起跟馮鑫源的電話，她也覺得該先去跟學生餐廳負責人溝通，最好能拉他一起開會。

一輛車從面前經過，徐雲妮忽然回神，看看馬路對面，說：「這紅燈時間怎麼這麼長……」

身旁人一聲輕呵。

徐雲妮轉頭看，發現他這根菸都抽了三分之一了。

她突然醒悟：「你怎麼沒叫我？」

時訣看她一眼：「妳想什麼呢？」

紅燈再次變綠，徐雲妮拉著他過馬路，然後把學生餐廳這事說了。

時訣一邊走一邊聽，聽到一半就開始恍神了，但他也沒打斷她，到了七〇九室門口，總算說完了。

他拿鑰匙開門，餘光裡，那個高挑纖細的身影安安靜靜站在旁邊。

多神奇的一個人，時訣叼著菸，心想，說著神奇的話，辦著神奇的事。

這時，她忽然轉過來看他。

剛好跟他斜視的目光對上。

時訣：？

徐雲妮：「剛剛我說話你聽了嗎？」

走道盡頭的窗子照進午間的陽光，讓走道裡漂浮的粉塵格外明顯。

時訣說：「聽了啊。」

她眼尾往上挑了分毫的角度：「那我都說什麼了？」

時訣眼珠子上翻：「學生餐廳？」

徐雲妮：「然後呢？」

時訣：「……吃飯？」

徐雲妮沒說話。

時訣無所謂地笑了笑，說：「餐廳不就是為了吃飯嗎？」他打開門，先一步進去，「妳剛才吃飽了嗎？」

徐雲妮也跟進去，說：「還行，你們點的鍋也太辣了吧。」

「還好吧，她們吃辣能力普通，沒我強。」

「嗯，下次可以點再辣一點的。」

「哈哈，鍋底是妳同學點的，跟我沒關係。妳要不要再吃點什麼？」

「你這有吃的嗎？」

「我煮碗麵條給妳？不過只能做素麵。」

「好啊。」

房門關上，陽光照著小小的出租屋，越來越靜。

時訣煮麵的時候，徐雲妮又接到馮鑫源的電話，他那邊拉了兩個幫手，一起商量這個事。

徐雲妮到窗邊打電話，打到一半，被時訣從後面抱住腰。

他貼著她沒聽電話的耳朵，輕聲說：「麵好了……」

去。

另一隻耳朵裡，馮鑫源還在講解小程式編寫流程，徐雲妮往下拉時訣，怎麼也拉不下

他又說：「麵好了啊……」

冰火兩重天，徐雲妮左邊身子理智地討論著，右邊身子則快要燒著了。

就這麼磨磨蹭蹭打完了電話，掛電話的瞬間，他自動鬆手，直起了腰。

「聊什麼聊這麼久？」他問。

徐雲妮把剛才電話的內容跟他說了一遍。

時訣聽到一半，又開始恍神，屬實是對大學事務零興趣，只是這些事分了她的心，他多少有些好奇。

「……還有，明天下午開會，我要準備一下。」徐雲妮說：「今天下午沒有課，我可以在這弄，打擾你嗎？」

「妳弄唄。」時訣說。

徐雲妮把時訣做的素麵吃了，不多不少的一小碗，剛好吃完。

「你得你媽媽真傳了。」她評價道。

時訣躺到床上休息，說：「我以前就跟她說過，我要是願意接她那個麵館，肯定幹得比她好，她揉麵手勁不夠的。」

徐雲妮：「問題是你能接她的麵館嗎？」

時訣兩手墊在腦後，淡淡笑道：「不能。」

徐雲妮：「就是，別人哪有這個口福。」

她收拾了碗筷，然後回床邊，俯身親了時訣一下，說：「我回學校拿點東西，很快回來，你先休息。」

等徐雲妮從寢室拿著背包回來時，時訣已經躺在床上睡著了。

徐雲妮輕手輕腳，把電腦拿出來，坐在桌邊開始幹活。

時訣一覺睡到下午三點，睜開眼時，見一道朦朦朧朧的背影，坐在桌旁工作。

他有點迷糊了。

他是誰？

他在哪？

時訣坐起來，揉揉臉。

徐雲妮聽到動靜，回頭說：「你醒了？」

人剛睡醒，都有點迷糊，時訣尤甚，他甚至有點時空錯亂的感覺，分不清夢和現實。

「我幾歲了？」他問。

徐雲妮仔細看他，想判斷一下是否真的發病了。

時訣歪著頭，說：「剛才我看妳，好像突然長大了，有二十六七歲的樣子。」

徐雲妮說：「那可能是穿越時空了，二十六七歲的我在幹什麼？」

時訣朝桌上的電腦揚揚下巴：「就幹這個。」

徐雲妮笑了笑。

時訣坐起來，伸了個懶腰，他下床，去洗手間洗澡……

徐雲妮接著工作，字打著打著，她的後背被陽光所照，聽著洗手間的水聲，某一刻，同樣神情恍惚。

他與她的生活好像融在一起了。

就在這短短的幾日內。

時訣洗完澡，去 LAPENA 彈琴，徐雲妮陪他。

她點了一杯桑葚果汁，看著臺上的人。

一個小時的時間。

結束後，他們回公寓簡單收拾，然後去了市中心的商場，他們原計劃是採購些屋裡缺的東西，結果到了之後，剛好有一部時訣感興趣的電影上映，他們就直接去了電影院。

這是一部犯罪電影，帶著點驚悚色彩，電影開始不久，徐雲妮就點出了罪犯是誰，時訣不信，結果最後真如徐雲妮所料。

從電影院出來，時訣狐疑地看著徐雲妮，問她是不是看過劇透。

「沒有，這挺好猜的。」

「怎麼猜？哪有線索啊……」

徐雲妮就跟他介紹，這是個典型的「暴風雪山莊」模式的推理故事，一堆人被困在一處，短暫與外界失聯，發生人員死亡，凶手就在這幾個人裡。

時訣聽得特別起勁，拉她找了家咖啡館，點了兩杯咖啡，聽她細說。

徐雲妮講了一通，說：「我家有一堆這種書，都是我爸的。」她問他，「你喜歡嗎？等我回去拿幾套給你。」

「別，」時訣喝著咖啡，「我一看書就睏，拍成電影還行。」

他們喝完咖啡，還是沒去買缺的東西，反而逛上街了。

時訣帶的衣服不太夠，要買一些，進了幾家男裝店。

徐雲妮感覺一腳踏入了時班長的絕對領域，不管衣服在下面掛著看起來再怎麼普通，或者再怎麼離譜，只要穿到他身上，永遠讓人眼前一亮。

他那衣服換得店員笑靨如花，恨不得把所有新款都拿去讓他穿一遍。

在時訣試衣服期間，店員忍不住跟徐雲妮說：「美女，交這麼帥的男朋友，生活都沒有煩惱了吧？」

徐雲妮恬不知恥說大話：「其實看久了還好。」

試衣間裡伸出一隻手，朝這邊勾勾，店員連忙過去，然後再次對這邊說：「美女，是叫妳。」

徐雲妮到門口，問：「怎麼了？」

時訣說：「衣服勾住了。」

試衣間開了個縫，徐雲妮進去，又關上。

狹小的房間，站兩個人稍有點勉強。

時訣在試一件純色的翻領毛衣，拉鍊開到胸口位置，他拉了一半，跟裡面的衣服絞在一起了。

徐雲妮把手裡的包和衣服放到一旁椅子上，到他面前幫他弄。

卡得很緊，怎麼都拽不下來。

她說：「你脫下來吧。」

時訣看著她，沒說話。

徐雲妮回過神，他現在只穿了兩件衣服，卡在一起，要脫就是一起脫。

她說：「算……」

「行，」徐雲妮還沒說完，時訣開口道：「我脫下來。」他手向後，抓著衣服，連著毛衣和裡面那件襯衫，一股腦扯了下來，赤著上身，撥了下頭髮，把衣服給她。

徐雲妮聞到一股強烈的香氣，他的身軀立在她面前，薄薄的皮膚下，都是血管和肌肉，其實他沒有很強壯，只是體脂率天生低，所以看起來異常結實。

徐雲妮好像明白了他剛剛的猶豫。

他的身上有幾處傷疤，是肺部裂傷和肋骨骨折手術留下的縫合痕跡，半年的時間也沒有完全好，顏色暗紅，向內凹陷。

時訣自己也低頭看了一下，然後點了點左肋下方的位置，說：「這個地方總疼。」

徐雲妮看著那裡的痕跡，說：「還有鋼板沒拆？」

「嗯。」

徐雲妮說：「開過刀，肯定會有影響的，要好好養護。不過也有一些是心理上的作用，可能時間久了就好了。」

「是嗎？」

「你媽到現在都不知道？」

「不知道，我騙她還是挺容易的。」

徐雲妮說：「拆鋼板的時候，我陪你去吧。」

時訣靜了一下，說：「行。」

最終，他們逛了半天服裝店，時訣買了三套衣服，他拎著袋子，又拉徐雲妮去地下玩。地下商場比上面更熱鬧，以年輕人娛樂為主，好多小店，賣稀奇古怪的東西。

他們進了一家潮玩城，時訣將各種東西往徐雲妮身上招呼，最後配出了一個戴著水晶髮夾，胡蘿蔔鼻子和蟑螂眼鏡的神奇人物。

旁邊店員看得直笑，時訣站在鏡子前，手臂搭著徐雲妮的肩膀，又像軟骨病似的半倚在她身上，兩手相扣，對那店員笑著說：「我女朋友美嗎？」

店員說：「天仙一樣，哥。」

時訣龍心大悅，把這幾樣東西都買了。

他勾著她的脖子，在收銀檯那等待結帳的時候，莫名其妙親了她一下，把徐雲妮嚇一跳。

與時訣談戀愛是什麼感覺？

突如其來？

天馬行空？

似幻似真？

要比徐雲妮曾經想像過的，更幸福一點。

他們走在回程的路上，他拉著她的手。

……有時幸福到，徐雲妮甚至會生出淡淡的傷感。

在哪本書裡曾經讀到這樣一句話——『初次見面就預感到離別的隱痛，你必定愛上他了。』

他們算不上初次見面，只能說是初步確定關係，但愛上是一定的了。

難過的產生有諸多原因，徐雲妮分析，大體還是對未來的擔憂，擔憂異地，擔憂聚少離多，擔憂他們各自生活的圈子，還有未來的發展，總之，老套。

她想著想著，又覺得自己有點為賦新詞強說愁了。

只有毫無耐心的人，才會用想像來體驗人生，她還沒盡最大的努力經營好這段感情，就準備靠臆想來製造矛盾了。

有病嗎。

徐雲妮警告自己，不要再想了。

她開始計畫週末的遊玩順序。

但可惜，計畫趕不上變化快。

第二天上午，時訣打來電話，說崔浩突然聯絡他，讓他週末回去。

SD有個時訣的私教學員的家長找來，說孩子下週一要參加活動，著急排練個節目，週末就要練出來。崔浩說了時訣有事，人家說可以付三倍時薪，活動非常重要。

要是普通會員可能崔浩找個理由就搪塞過去了，但這位家長是店裡大客戶中的大客戶，私教課一口氣能存兩百節，她本人是做服裝生意的，SD很多演出都跟她的公司租衣服，價格很優惠，沒有任何理由推脫。

徐雲妮中午趕去公寓。

也許是映照了心情，今日陰沉沉的，似乎要下雨。

徐雲妮陪時訣一起看了票，訂了週六下午一點。

徐雲妮算了算，明天這個時候，她面前的人，就要消失了。

他們安靜了一下，徐雲妮非常想問一句，你下次什麼時候來，但是又覺得，這麼問給他的壓力太大了。

來一趟，衣食住行，都要花錢。

他連鋼板都沒拆，就要回去幫人上課了。

他又不可能用她的錢。

她太想當然了。

他們中午就在公寓吃的，時訣做的麵條，然後他們屋也不出，就在那聊天。

他躺在床上，她坐在椅子裡，窗外是陰天，沒有陽光，被暗青籠罩。

他們聊著瑣碎的內容，無頭無尾，但也不停息。

下午，徐雲妮去開會。

本該是打起精神的重要會議，她卻去得不情不願。

開會的地方不在辦公室，而是在一個多媒體教室裡，地方大，人到得比較齊。通常這種例會都是做做總結，然後提一下下週的工作重點，時間不會太久。

徐雲妮一進屋就看見馮鑫源，她先去跟張渤老師打了招呼，然後就去坐到馮鑫源身邊。

馮鑫源的朋友不是學生會的人，不參加開會，說是會議結束後再過來一起討論。

離開會還有五六分鐘，徐雲妮把自己的筆記拿出來，跟他先研究了一下。她得知馮鑫源那兩個朋友正好要做專題修學分，程式應用面越廣越好，現在正在找需求。

「那太好了，」徐雲妮說：「我不太懂這方面，不過跟餐廳工作人員溝通，還有功能規劃調查方面，我肯定能幫上忙。」

他們聊了一下，就準備開會了。

開場主持是學生會主席，一名大三的學姐，她介紹了參加會議的老師和學生幹部，說明會議目的，總結一週工作，然後大家一起提出暴露出的問題和解決方案。

到了這個環節，徐雲妮就舉手上去發言了。她準備得很充分，也提前演練過，發言非常流暢，把時間壓縮在五分鐘以內。

徐雲妮發言結束，主席團討論了一下，有人覺得她提出的小程式的提案有些麻煩，但有馮鑫源鼎力支持，提案也順利通過了。

下一個上臺的是王祿。

他上臺也是先問候長官和同學，然後臉一沉，說道：「……近期，我注意到我們學生會內部存在不良風氣，已經嚴重影響大家日常工作，損害組織形象，今日我不吐不快……」

徐雲妮一頓，抬頭看。

王祿拿出電腦，播放了一段錄音。

聲音出來的一瞬間，大家都看向坐在前排的顧茗清。

這應該是顧茗清昨天請客的場景，除了她，還有幾個學生會幹部。

這巨大的八卦，使得會場氣氛立刻被點燃了。

顧茗清面露震驚，瞪著眼看著王祿，說：「你幹什麼！」

主要這錄音內容勁爆，顧茗清在自己人面前口無遮攔，什麼話都往外說，然後對自己心儀的幹部，想讓他們幫忙挖競爭對手的黑料，又極盡諂媚，屬實丟臉至極。

錄音裡出現的幾個人，都在教室裡，臉上一陣紅一陣白。

下面的老師也聽不下去了，把錄音喊停。

「你們怎麼回事？」一名老師站起來，把顧茗清和王祿叫出教室，「來，你們跟我過來。」

徐雲妮看著他們離去的身影，再瞄前面老神在在的張肇麟一眼。

原來前線鬥爭已經這麼白熱化了？

她完全不在狀況內。

她的腦子澈底被時訣占據了。

會議繼續。

下面還有對有突出表現的部門和個人進行表彰的環節。

徐雲妮跟另外兩名同學一起，榮獲優秀幹事。

接下來是幾番長官發言，然後就結束了。

徐雲妮跟馮鑫源一起，跟他兩個朋友交接了一下，又討論了半個小時左右，初步瞭解情況，相互添加了聯絡方式，正式散會。

徐雲妮一路跑回公寓。

天越來越暗沉，氣壓比較低，空氣裡隱隱有了水汽的味道。
時訣已經整理了一點東西。
徐雲妮進屋就幫他一起收拾。
她一上手，時訣就不收拾了，坐在椅子上抽菸。
徐雲妮將他疊好的衣服裝到行李袋裡，一件又一件。
這是什麼感覺呢？
徐雲妮難以形容，她人生中第一次體會到，胸口像堵著什麼，呼吸困難，她想緩解一下屋裡的氣氛，又不敢輕易開口。
就在她僵持到極致之時，時訣叫她：「徐雲妮。」
徐雲妮抱著衣服，回過頭。
他依然坐在椅子裡抽菸，靜靜看著她。
青色的傍晚，屋裡靜得能聽見燈絲的震顫。
他說：「今晚不走了，行不行？」
徐雲妮張張嘴，愣了大概三四秒鐘，這問話代表什麼，她太清楚不過了。
她說：「行。」
徐雲妮覺得，這一切，都是水到渠成的。
因為她感覺到難過，所以，老天給了她一個排解的方法。

時訣把菸撚滅，說：「今晚我們出去吃。」

這晚的店是他找的，就在之前她帶他去吃的那家露天庭院附近，應該是他上次出門留意到的。

一家很不錯的西餐廳。

他傍晚的時候打電話約了位子。

出門前，徐雲妮回宿舍拿了點東西，她跟陶雨說，今晚她不回來，查寢的人跟她很熟，打個招呼就行。

陶雨怔怔地「哦」了一聲，說妳跟時訣約會去啊。

徐雲妮說，是。

她洗了個澡，在衣櫃裡挑了兩件衣服，一件米白色的高腰緞面魚尾長裙，和一件黑色的一字肩貼身針織上衣，她仔仔細細地盤好頭髮，戴上他送給她的金色手鏈和他親手做的金色項鍊，離開宿舍。

聶恩貝看著她離去的身影，跟陶雨「哇哦」了一聲。

徐雲妮回到公寓，開門看到他的一刻，她又愣了一下。

有時，徐雲妮感覺，她與時訣之間有很多差異性的東西，但有時候，她又莫名覺得他們很像。他們沒有約定，但同時換了衣服，他把帽衫和運動褲脫了，換了一身稍正式的服裝。

也許是因為個人氣質問題，再正式的衣服穿在他身也是一副灑脫的模樣，他的頭髮捋起，還是只戴了手鏈。

這有點像在華都錄製校歌，他偽裝成蓋茨比的那一晚。

他看到她的樣子，同樣也是一愣，走到她身前，說：「徐雲妮，妳真浪漫。」

徐雲妮說：「近朱者赤嘛。」

時訣彎下腰，在她唇上輕輕一碰，直起身，說：「我們走。」

他們去吃了晚飯。

吃的不算多，時間也不算久，有說有笑。

回來的路上，天就下雨了。

下得不大不小，計程車停在公寓樓社區外面，他們跑到社區門口，他讓她先上樓等他。

「我去買點東西。」他說。

徐雲妮並沒有上樓，站在門口，她看著他點著菸，漫不經心走入細雨的背影，心中一片徜徉。

他回來的時候，拎著個袋子，他走到一半就看到她仍站在那，便把菸和袋子都放在一隻手上，另一隻手摟住她的肩膀。

他們進了房間，時訣把外套脫了，從袋子裡拿出梅酒。

「喝一點嗎？」他問。

徐雲妮說：「行。」

還是熟悉的酒，還是熟悉的味道。

他說：「妳喝著，我去沖一下。」

他把一身雨水洗淨。

徐雲妮在這短短六七分鐘的時間裡，就站在屋子裡，灌了自己三杯酒。

他出來的時候，她已經有些醉了。

酒精麻痺了羞澀，無限放大了激動與欲望。

遠方的雲層，響起陣陣悶雷。

時訣披著浴巾出來，他用浴巾擦擦頭髮，然後丟到一旁，就那樣一絲不掛站在她面前。

徐雲妮以醉眼觀視這副軀體。

他自己也低頭看了看，說：「可惜了。」

徐雲妮：「什麼可惜？」

時訣看著身上大大小小的傷，尤其右腿膝蓋內側，那條十幾公分長的，像條紅蜈蚣一樣趴在身上的疤痕。

「不是我最好的時候了。」

為什麼要說這樣的話呢？

他說著，又看向她：「如果我第一次問妳，妳就答應下來，也許能看到比這更好的。」

徐雲妮沒說話。

時訣低下頭，看著她的臉，質問道：「怪誰啊？」

「什麼？」

「我問妳，怪誰？」

「我。」

「啊……」他笑笑，「妳知道就好。」

徐雲妮覺得他好多話，便仰起頭，把他的嘴堵上了。

他的大手放在她的背上，也回吻過來。

徐雲妮聞到他口中清涼的薄荷味，聞到酒，聞到熱力，也聞到花香。

他的身體緊貼著她，她身下那一層薄薄的綢裙，根本什麼都擋不住。

吻了一下，她抱住他的脖子，再次渴求呼吸，但這回他沒有理會她。

他把她抱起來，徐雲妮感覺自己輕飄飄的像沒重量似的，被他放到床上。

這是徐雲妮第一次躺在這張床上，後背貼實了他常用的銀灰色床單。

……她該做什麼呢？

她掙扎著想起來，但沒成功，他跨了過來，跪坐在她身上，更準確地說，是坐在他自己的腳跟上。他兩隻腳壓在她腿兩側，兩膝岔開，大腿的肌肉被擠壓，繃得緊緊的。

她看著他窄瘦遒勁的腰身，平直寬闊的肩膀，居高臨下的視線。他口中說他的身體不是最好的時候了，但展示起來，又無比自信。

他手裡拿著她沒喝完的酒，一飲而盡。

「我不用脫衣服嗎……」她低聲問。

「我幫妳脫。」他聲音總是輕輕的，「別急。」

為什麼說她急，他的身體都變樣了，他自己看不到嗎？

他說幫她脫衣服，但其實只脫了最裡面的兩件，剩下的留下了，讓他掀著玩。

窗外的雨越下越大。

人和人之間，能親密到什麼程度？

耳鬢廝磨，水乳交融？

他的身體壓下來，拆開她盤好的頭髮，鼻尖蹭了她一下，說：「我先用手，妳不舒服就跟我說。」然後，不等她出聲，他又吻住她的嘴唇。

也許他想用吻來打配合，徐雲妮心想，分散一點注意力，讓她別太緊張。

其實，徐雲妮一點也不緊張，她甚至覺得，他有點拖拖拉拉的。

她抱著他的背，指尖下方溫熱而彈力的肌膚，稍微動一下，就牽動整片肌肉群。

人和人之間，又能信任到什麼程度？

不外乎允許對方與自己融為一體。

徐雲妮覺得，這一切，都是水到渠成的。

因為她感覺到離別的難過，所以，老天給了她一個排解的方法。

時訣在床上，比他在地面更具壓迫性，他們體格與力量的差距，又被放大了幾分。

屋裡關著燈，但窗簾是拉開的，月光雖淡，也不是沒有，偶爾一道閃電，照在他的軀體上，剎那的清光，迷亂人心。

他依舊比她更先一步沉浸進去，他的神情，讓她在脹痛之間，還要努力克制，她很怕驚擾，他們這一團因情彙集的精魄，她怕自己出了怪動靜，就把一切都搞砸了。

好小的床，他還把酒和冰塊放在床邊，她要看著它們別被踹下去。

她要顧慮的事情太多了……

相較而言，他的眼裡好像只有一件事。

徐雲妮的第一次，記得最深的就是聲音，雨的聲音，床的聲音，還有最令她熱火焚身的，他的聲音……她搞不清是因為羞恥，還是激情，她好幾次都想開口，讓他小點聲，這是個隔音奇差的公寓。

但她最終沒有開口，酒精麻醉了她的公德心，她喜歡他的嗓音，尤其在幹這事的時候。

聽吧，有人叫床像唱歌一樣。

他做到一半，突然停了下來，用凌亂的視線關注著她的樣子。

徐雲妮也怔在那，不明所以。

時訣手抓著她的胯，摸著那光滑的緞面裙，然後，他視線再低，看他們交接的地方。

徐雲妮的羞恥在一瞬間到達頂峰。

她伸手，把他的下頷硬生生掰回來，「你別看了……」

他說：「有點疼。」

徐雲妮皺眉：「什麼？哪裡疼？」

他說：「身上縫針的地方，好癢。」

徐雲妮伸手，摸了一下他肋下的傷疤，他皮膚稍稍收緊。是被欲望刺激了嗎？這傷口的顏色似乎變鮮豔了……

好神奇，他可能真是外星人也說不定。

徐雲妮認真道：「可能要開出花了。」

他看著她不說話，片刻後，忽然「呵」了一聲，然後又一連串地笑起來，笑得眼睛黑如曜石，像泛著水波似的。

徐雲妮心想，雖然真的有點像變態，但他唇紅齒白……

還是該多笑。

時訣再次俯身。

很熱……

非常熱……

不管是身體外的，還是身體內的。

徐雲妮漸漸在這些重複性的動作裡，體會到一種抽緊的感覺，她腳趾扣住，不由自主抱緊他。大雨滂沱，讓這空間變得更加封閉，須臾，時訣發出了長長的呻吟，他的手抓住她的肩膀，像條躍水而出的魚一樣，眉頭輕蹙，整個上身都揚了起來。他的身體白得像瓷器，但眼周，嘴唇，身上的傷疤，又紅如嫣霞。

一道光從窗外，或者從徐雲妮的腦中，一閃而過。

她整個身體，連帶著靈魂，被針密密麻麻扎了一遍，視覺聲音，嗅覺觸感，甚至口中殘留的酒精與唾液……一切感官，都像不要錢似的爭相灌入。

徐雲妮頭暈腦脹，又敏感異常，睫毛顫動著淚珠，輕輕咬住自己的手背。

這是徐雲妮的初戀，帶給她的感受，已經快要容納不下了。

別人的愛情也是這樣的嗎？

他們安靜了很久。

他慢慢坐起來，依然跪坐在她身上。

他的胸口起起伏伏，微張著嘴喘息，頭髮已經全亂了。

他輕聲問：「妳覺得怎麼樣？」

徐雲妮躺在那裡，真誠地說：「我腿好疫……」

「哈，哈哈……」他笑了，「妳的韌帶和肌肉都要鍛煉。」

他看了她好久，然後也看看自己，陷入了幻境似的。

徐雲妮問：「你在想什麼？」

「妳聽外面的水聲，」他琢磨著，喃喃道：「妳說我們是不是有點像……」

徐雲妮：「像什麼？」

他沒有繼續說下去，身體向下，整個人趴在她身上。

「哎，太重了。」徐雲妮象徵性地推他，紋絲不動。

他把她體內的空氣都壓出去了，就這麼躺了一下。

徐雲妮說：「我要喘不過氣了。」

「不會的，」他摸摸她，「妳感覺到了嗎？妳那還在抖。」

她不說話。

時訣撐著臉，大大的手掌，指尖進入了髮梢，他說：「妳喜歡嗎？我們這方面好像很合得來。」

他太過自然而然享受性愛了，以至於，徐雲妮也去掉了一層羞澀，而全身心地去體驗。她很喜歡。

一切不安與躁動，都在與他做愛的過程中被撫平了。

這合得來的結果讓時訣非常高興，他坐起來，拿來手機，弄了一下，又丟到一旁。

很快，從那傳來音樂聲。

一首純音樂，空靈的，夢幻的，像是黑暗中撲面而來的浪潮，非常適合下著大雨的夜。

徐雲妮故意問：「這是誰的曲子？」

他重新倒了酒，拿在手中，他似乎也明白她在明知故問，所以也懶得回答，他喝了酒，含在口中，俯身給了她一半。

半口酒，幾塊冰。

唇齒流動間，她再次感覺到他身體的變化。

她就閉嘴了，再次抱住他。

時訣是個有點自戀的人。

他是一個喜歡在做愛的時候，放自己寫的曲子的人。

在未來的幾年裡，他為了上床，專門創作了一套曲子，命名《銀魚組曲》。

在他正式取出這個名字的時候，距離這大雨滂沱的第一夜，已經過去兩年多了。

那時，徐雲妮也終於得知，那天的他們，在他眼中，究竟是什麼形象。

取名之時，時訣光著身子穿著浴衣，坐在窗臺旁，抱著琴抽菸。

他解釋說：「其實，『銀』應該是『淫亂』的『淫』，但寫出來有傷風化，我們自己心裡知道就行了。」

她坐在桌旁看書，瞥他一眼，心說，原來你的字典裡還有「風化」一詞呢。

雨過天晴。

雲開霧散。

時訣該走了。

說實話，這一晚徐雲妮休息得很不好，首先，有些地方感覺就不對，他太能折騰了，他的體能對比她來說，幾乎是無窮盡的。

他一直弄到後半夜，然後抱著渾身發抖的她去洗了澡。

她滿身都是痕跡，在洗澡中途就差點睡著了。

他從後面一隻手抱著她，另一隻手幫她清洗。

她的記憶就到這裡，後面就斷掉了。

結果第二天，他醒得還比她早，她睜眼的時候，他行李都打包好了。

她苦撐著快散架的身體，送他去機場。

時訣心情很不錯，他在機場大廳，以一種非常古早的形式對徐雲妮進行告別。

他指著她，一本正經道：「要一直想著我，記住了嗎？敢看別的男人妳就死定了。」

安檢口的工作人員斜視過來。

徐雲妮垂眸，輕不可聞地「嗯」一聲。

時訣明顯感覺到，徐雲妮非常擔心他們這尷尬的臺詞被周圍的人聽見。

他被逗得笑起來，抱了她一下，進去安檢。

在安檢口，他再次回頭。

她依然站在那裡，靜靜看著他。

時訣朝她擺手，轉身離去。

飛機上，他看著這座城市慢慢變小，終歸虛無。

他戴上耳機和眼罩，開始補覺。

——《霓虹星的軌跡》（中）完——

——敬請期待《霓虹星的軌跡》（下）——

高寶書版集團
gobooks.com.tw

**YH 192**
**霓虹星的軌跡（中）**

作　　者　Twentine
責任編輯　吳培禎
封面繪圖　Xuan Qin
封面設計　張新御
內頁排版　賴姵均
企　　劃　何嘉雯

發 行 人　朱凱蕾
出　　版　英屬維京群島商高寶國際有限公司台灣分公司
　　　　　Global Group Holdings, Ltd.
地　　址　台北市內湖區洲子街88號3樓
網　　址　gobooks.com.tw
電　　話　(02) 27992788
電　　郵　readers@gobooks.com.tw（讀者服務部）
傳　　真　出版部(02) 27990909　行銷部 (02) 27993088
郵政劃撥　19394552
戶　　名　英屬維京群島商高寶國際有限公司台灣分公司
發　　行　英屬維京群島商高寶國際有限公司台灣分公司
法律顧問　永然聯合法律事務所
初版日期　2025年03月

原著書名：《霓虹星的軌跡》由北京晉江原創網絡科技有限公司授權出版。

國家圖書館出版品預行編目(CIP)資料

霓虹星的軌跡 / Twentine著. -- 初版. -- 臺北市
: 英屬維京群島商高寶國際有限公司臺灣分公司,
2025.03
　冊；　公分. --

ISBN 978-9626-402-216-3(上冊：平裝). --
ISBN 978-626-402-217-0(中冊：平裝). --
ISBN 978-626-402-218-7(下冊：平裝). --
ISBN 978-626-402-219-4(全套：平裝)

857.7　　114002846